BERNHARD AICHNER • BILDRAUSCHEN

BERNHARD AICHNER

BILDRAUSCHEN

EIN BRONSKI-KRIMI

btb

»Die Hölle ist leer, alle Teufel sind hier.«
WILLIAM SHAKESPEARE

EINS

Schnee fällt auf ihren leblosen Körper.
Deckt ihn langsam zu. Ihre weiße Haut, dieses wunderschöne Gesicht, die Blutspuren. Beinahe hätte ich alles übersehen, nur ein flüchtiger Blick war es, der mich zu ihr hingeführt, mir die Ruhe genommen hat, nach der ich mich so sehne.
Hätte ich meinen Kopf nur fünf Sekunden später zur Seite gedreht, hätte ich die Tote nicht gesehen. Ich wäre weiter durch den Winter gewandert und hätte meine Fotos gemacht. Bilder von bedeckten Zweigen, Ästen und Sträuchern. Ich hätte die weiße Landschaft aufgenommen, den grauen Himmel und alles, was dazwischenliegt.
Ich hätte mir weiter den Kopf zerbrochen, wie es mir endlich gelingen könnte, mein Leben halbwegs auf die Reihe zu bekommen.
Arbeit, Liebe, die Beziehung zu meiner Tochter.
Die Entscheidungen, die anstehen, wenn ich zurück in Berlin bin. Sie quälen mich. Zu jeder Stunde des Tages ist mir klar, dass ich etwas ändern muss, Verantwortung übernehmen, erwachsen werden. Wenn ich am Ende nicht alleine bleiben will,

muss ich mich von dem verabschieden, was mich am meisten fasziniert.

Das Unheil der anderen.

Seit mehr als zwanzig Jahren lebe ich davon. Als Pressefotograf dokumentiere ich es, mache Bilder an Unfallorten. Ich laufe dorthin, wo es brennt, wo geraubt, geprügelt und getötet wird.

Das Unglück der anderen zieht mich an. Mehr als das Glück, das die Menschen mir schenken, die mich lieben.

Ein Teufelskreis, den ich mir selbst erdacht habe, den ich am Leben halte, weil ich süchtig danach bin. Nach den Toten auf der Autobahn, nach den Leichen, die man in Särgen von den Tatorten irgendwelcher Verbrechen fortbringt, nach den Naturkatastrophen und Bränden. Ich giere danach, will Zaungast sein.

Ich bin der Beobachter, der all die Voyeure da draußen glücklich macht. Ich halte fest, was die Welt sehen will. Zeige, wie sie auseinanderfällt.

Es ist die Stille, die mich anzieht. Das Ende von allem. Es geht um die Vase, die nach einem lauten Streit zerbrochen am Boden liegen bleibt. Nicht der Konflikt, der dem Streit vorausgeht, interessiert mich, die Scherben sind es, die Blumen, die ohne Wasser verwelken.

Der Tod zieht mich an, hält mich fest. Das Dunkel, das Adrenalin, das mich immer weiterpeitscht, die Jagd nach dem besten Bild, das Bestreben, als Erster vor Ort zu sein. Der Wunsch, den Katastrophen so nahe wie möglich zu kommen. Ein Tanz auf dem Vulkan ist es, unzählige Male habe ich mich schon in Gefahr gebracht. Ich fotografiere Seite an Seite mit den Einsatzkräften, bin ständig auf der Suche nach Sensationen, lasse mich durch die Straßen Berlins treiben, fühle mich unverwundbar und lebendig.

Ich bin unfähig, mich diesem Sog zu entziehen.

Ordne dem Rausch, dem ich mich hingebe, alles unter.

Und mache damit alles kaputt. Alles, was mir wichtig sein sollte.

Ich verbaue mir mein Glück. Schlage die Hände, die man mir reicht, aus. Die Liebe, die man mir schenkt, ich erwidere sie nicht.

Oder zumindest nicht so, wie es gut für mich wäre.

Bronski und Svenja.

Der Pressefotograf und die Polizeireporterin.

Wir sind ein eingespieltes Team. Svenja hat ein Gespür für die richtig guten Geschichten, sie kann ebenso zum Bluthund werden wie ich. Auch deshalb versteht sie mich, versucht zu akzeptieren, dass all das Leid, das mir begegnet ist, mich auf gewisse Weise zerstört hat.

Trotzdem will sie in meiner Nähe sein, zerrt mich wieder und wieder aus dem Dunkel ins Licht. Findet es gut, dass ich in die Berge gefahren bin, um nachzudenken.

Über mich. Über uns.

Auf einer Berghütte in Tirol ein paar Wochen ganz allein.

Meine Schwester Anna hat mir von diesem Platz hier erzählt, von dieser Ruhe, in die auch sie sich gerne zurückzieht, wenn ihr die Arbeit in der Detektei auf den Kopf fällt und sie vor ihren Klienten davonlaufen muss. Weit weg von allem, hoch hinauf, dorthin, wo nichts mehr ist.

Sie meinte, dass ich hier wunderbar durchatmen kann.

Die Entscheidungen treffen, die ich schon so lange aufschiebe.
Mir die Zukunft vorstellen.
Ich soll mit Svenja zusammenziehen. Wir haben unzählige Male darüber gesprochen. Sie ist geduldig. Drängt mich nicht.
Nimm dir Zeit, so viel du brauchst, Bronski.
Mach Fotos von der Landschaft. Rehe, Hasen, Schnee.
Aber ja keine Leichen.
Svenja denkt, dass ich ganz oben auf dem Berg sicher bin. Dass meinen Gedanken hier nichts in die Quere kommt.
Sie hat genauso wenig wie ich damit gerechnet, dass an diesem Ort am Ende der Welt etwas passieren könnte. Dass ich beim Wandern eine tote junge Frau finden würde.
Wunderschön und still.
Wie sie daliegt.
Wie Schneeflocken auf sie niederfallen.
Und ich mich ihr langsam nähere.
Einen Schritt vor den anderen setze.
Ich versuche, dieses Bild zu verstehen, sauge es in mich auf, kann mich nicht sattsehen daran. Ein Gemälde, das jemand in die Landschaft gestellt hat. Eine Szenerie, die mich zugleich anzieht und abschreckt.
Die massive Wunde an ihrem Kopf.
Sofort begreife ich, dass sie nicht von einem Sturz kommen kann. Ich frage mich, wie die Frau hierhergekommen ist. Was ihr zugestoßen ist. Ob es vielleicht zu einem Streit kam. Ihr Kopf wurde mehrmals auf einen Stein geschlagen. Ziemlich sicher ist ihr Genick gebrochen. In ihren langen, blonden Haaren klebt Blut. Aber ihr Gesicht ist unversehrt.
Es ist so, als würde sie schlafen.

Nichts ist laut.
Ich drehe mich in alle Richtungen.
Suche die Gegend ab. Doch da ist niemand.
Nur der Wald und der Schnee und ich.
So, als wäre es das Selbstverständlichste auf der Welt, nehme ich meine Kamera und fotografiere. Die tote Frau. Analog. Schwarz-weiß. Ohne Eile, bedächtig. Ich habe keine Angst. Alles ist mir vertraut. Ich drücke auf den Auslöser, suche den perfekten Blickwinkel. Ich blende aus, dass ein Verbrechen geschehen ist. Ich frage mich nicht, wohin der Täter verschwunden ist, ob er vielleicht noch irgendwo in der Nähe ist. Es geht mir nur darum, diesen Moment festzuhalten. Die Leere abzubilden, die der Tod in dieser jungen Frau hinterlässt. Ihr Verschwinden.
Es ist unerträglich schön.
Ich kann es nicht beschreiben, nicht erklären, was es mit mir macht. Diese Traurigkeit, die in mir aufsteigt.
Dieses Gefühl, mehr tot zu sein als lebendig.
Jemand hat einmal gesagt, dass ich mich hinter meiner Kamera verstecke, um alles besser aushalten zu können. Und er hatte recht. Ich blende die Wirklichkeit aus. Anstatt die Rettungskette in Gang zu setzen, porträtiere ich das Mädchen. Ich halte die Zeit an, kreise um den Tatort, drücke wieder und wieder auf den Auslöser.
Zeige nur ihr Gesicht.
Wie sie daliegt und sich nicht mehr rührt.
Da ist kein Zittern mehr, kein Lidschlag, kein Zucken um die Mundwinkel. Sie sagt kein Wort mehr, fühlt nichts. Die Kälte am Berg, die Eiskristalle, nichts kann ihr noch etwas antun.

Es gibt keinen Schmerz mehr.
Vielleicht ist es das, was mich so fasziniert.
Dass es vorbei ist.
Für immer.

ZWEI

SVENJA SPIELMANN & DAVID BRONSKI

- Und?
- Es ist anders als erwartet.
- Sag schon. Was treibt mein verzweifelter Held alleine da oben in den Tiroler Bergen? Ich hoffe, du genießt es.
- Du wirst es mir nicht glauben, Svenja, aber sogar hier auf zweitausend Meter Seehöhe bleibe ich nicht verschont.
- Verschont wovor?
- Ich habe gerade eine Leiche gefunden.
- Du hast was?
- Draußen im Schnee, ungefähr vierzig Minuten von meiner Hütte entfernt. Eine junge Frau, Mitte zwanzig. Höchstwahrscheinlich ist sie ermordet worden.
- Ach, komm schon, so viel Glück hast nicht mal du.
- Das war kein Scherz, Svenja. Da draußen liegt eine Frau im Schnee. Ich bin nur zurück zur Hütte gelaufen, weil ich mein Telefon nicht dabeihatte. Ich muss mich jetzt wieder auf den Weg machen und der Bergrettung den Standort schicken. Ich werde dort warten, bis der Hubschrauber kommt, und dich dann noch einmal anrufen.

- Kann es sein, dass du betrunken bist?
- Nein, kann es nicht.
- Du weißt, dass sich die Tabletten mit Alkohol nicht gut vertragen. Die Nebenwirkungen sind nicht ohne.
- Hör auf damit, Svenja.
- Ich habe einiges über das Medikament gelesen. Du darfst das nicht auf die leichte Schulter nehmen, Antidepressiva können zu Panikattacken und Wahrnehmungsstörungen führen.
- Ich weiß, was ich gesehen habe, Svenja.
- Und ich weiß, dass du immer so tust, als ginge es dir gut. Als könntest du das alles einfach so wegstecken. Mittlerweile wissen wir beide, dass dem nicht so ist.
- Ich bin völlig klar im Kopf. Außerdem habe ich die Leiche fotografiert. Sobald ich die Bilder entwickelt habe, schicke ich sie dir durch.
- Echt jetzt? Eine tote Frau im Schnee, genau dann, wenn du beschließt, dir endlich mal in Ruhe Gedanken über unsere Beziehung zu machen?
- Ich habe mir das nicht ausgesucht, Svenja. Irgendjemand hat das Mädchen erschlagen. Ich muss der Sache nachgehen.
- Das war es also mit deiner inneren Klausur? Es wird sich wieder nichts ändern, richtig? Wir sind da, wo wir bereits vor einem Jahr waren. Du wirst mich weiterhin hinhalten und mir vorjammern, dass du nicht weißt, ob du beziehungsfähig bist. Du wirst der Entscheidung wieder und wieder aus dem Weg gehen.
- Werde ich nicht.
- Und das heißt?

- Wenn ich wieder zurück in Berlin bin, werden wir uns eine Wohnung suchen und gemeinsam neu anfangen. Nur wenn du willst, natürlich.
- Zwei Tage Einsamkeit, und du bist dir da schon sicher?
- Ich weiß, dass ich ein Idiot bin, Svenja. Aber ich kann mich ändern. Reicht ja, dass sich meine Tochter vor mir ans andere Ende der Welt in Sicherheit gebracht hat. Ich möchte nicht auch noch dich verlieren.
- Judith macht nur Urlaub, Bronski, dann kommt sie wieder. Sofern sie in Thailand, Laos, Vietnam nicht auch irgendwo eine Leiche findet.
- Ich ziehe die Scheiße irgendwie an, oder?
- Tust du, Bronski. Aber dafür lieben sie dich hier in der Redaktion.
- Ich hatte mir das hier auch anders vorgestellt, das musst du mir glauben.
- Vergiss es. Wir machen es einfach so wie immer, wir wechseln vom privaten in den beruflichen Modus.
- Tun wir das?
- Also sag schon, was du hast. Wer ist die Frau?
- Das gilt es herausfinden, Svenja. Ich werde zurück zur Fundstelle gehen und mir das alles noch mal genau ansehen, bis die Polizei hier eintrifft.
- Hast du sie durchsucht?
- Bin ich verrückt?
- Aber du hast Fotos gemacht.
- Sagte ich doch bereits.
- Nur analog? Oder kannst du uns jetzt schon etwas durchschicken?

- Ich habe, außer meinem Handy, nichts Digitales dabei. Und die analogen Bilder kann ich erst später entwickeln. Das Mädchen sollte dort nicht noch länger einfach so liegen bleiben.
- Mensch, Bronski. Die Achtzigerjahre sind vorbei, ich verstehe wirklich nicht, warum du immer noch so ein altmodischer Spinner bist.
- Entschleunigung, Svenja. Unter anderem deshalb bin ich hier.
- Mit Entschleunigung ist es jetzt vorbei. Soll heißen, wenn du wieder bei der Leiche bist, fotografierst du mit dem Handy. Unsere Chefredakteurin freut sich bestimmt über einen schönen Mord im Winterparadies.
- Du bist es, die sich freut, gib es zu. Brennst doch schon darauf, über das alles hier zu schreiben. Am Ende bist du keine Spur besser als ich.
- Habe ich auch nie gesagt. Also beeil dich, mein Lieber, und halt mich auf dem Laufenden. Und wenn die Story was hergibt, mach ich mich gleich auf den Weg.
- Schaut nicht gut aus für dich. Der Schneefall hier wird immer ärger. Man sieht keine fünf Meter weit, langsam verschwindet alles unter diesen gigantischen Flocken. Ich glaube, hier raufzukommen könnte schwierig werden.
- Wir zwei eingeschneit in den Bergen. Klingt doch romantisch.
- Ja, das tut es.
- Und warum wolltest du dann unbedingt alleine fahren?
- Ich sagte doch, dass ich ein Idiot bin.
- Soll heißen, dass du mich vermisst?

– Ja.
– Könntest du das noch etwas ausführen?
– Ich liebe dich, Svenja. Aber jetzt muss ich wirklich los.
– Du tust was?
– Hast mich schon richtig verstanden.

DREI

Eigentlich kann das alles nicht sein.
Was hier geschieht, ist unmöglich. Ich verstehe es nicht.
Wohin ist sie verschwunden? Die Leiche, die ich vor gut eineinhalb Stunden entdeckt habe, sie ist weg, hat sich aufgelöst.
Da ist keine Spur mehr von dieser schönen Frau.
Ihr Gesicht ist nicht mehr da.
Das Blut in ihren Haaren.
Die weiße Haut.
Verwirrt stapfe ich durch den Schnee. Ich suche den Platz, an dem ich sie fotografiert habe. Ich bin mir sicher, dass ich den richtigen Weg genommen und mich im Schneegestöber nicht verlaufen habe.
Doch die Tote ist nicht mehr da. Keine Fußspuren mehr. Weder meine noch die der anderen.
Der Schnee hat das Mädchen verborgen.
Mit Gewalt möchte ich eine harmlose Erklärung dafür finden, den Körper unter einer dünnen Schneeschicht wissen. In Watte gepackt, vom Winter zum Verschwinden gebracht.
Fieberhaft renne ich hin und her, knie mich hin und grabe,

wühle mit meinen Händen im Schnee. Ich suche nach ihr, doch ich finde sie nicht. Egal, wie laut ich fluche und wie oft ich im Kreis laufe, es wirkt so, als wäre das Unglück nie geschehen. Als wäre alles gelöscht. Weißes Papier.
Ich begreife es nicht.
Höre Svenja reden.
Sagte ich dir doch, dass du langsam durchdrehst, Bronski.
Siehst Tote, wo keine sind.
Du musst runter vom Gas. Dich endlich ausruhen.
In Gedanken schüttelt Svenja den Kopf. Schaut mich besorgt an und will mich in den Arm nehmen. Mir erklären, dass ich langsam den Verstand verliere. Dass mein Zustand besorgniserregend ist.
Während ich weiter nach der Leiche suche, sagt sie mir, dass sie Angst um mich hat. Dass sie tatsächlich glaubt, die vielen Toten in meinem Leben hätten mich kaputt gemacht. All die leeren Augen, in die ich geschaut habe. All die Fotos. Die bösen Träume. In so vielen Nächten bin ich wach geworden, habe mich an sie geklammert. Manchmal habe ich sogar geweint.
Weil ich Angst hatte.
Burn-out, Bronski.
Deshalb die Pillen. Weil ich hilflos bin.
Allein im Schnee.
Ohne Svenjas Hand, die mich hält.
Nur meine Gedanken und ich.
Die Fragen, die mich quälen. Zweifel. Die Tatsache, dass ich ernsthaft die Möglichkeit in Betracht ziehe, mir alles nur eingebildet zu haben. Nicht mehr unterscheiden kann, was wirklich ist und was nicht.

Verzweifelt und wütend greife ich ins Leere.
Berühre den frisch gefallenen Schnee.
Ich fluche.
Schüttle den Kopf.
Erinnere mich.
Vor zwei Stunden lag sie noch da, ich bin mir sicher.
Jemand muss die Leiche weggebracht haben, während ich zurück zur Blockhütte gelaufen bin, um mein Telefon zu holen. Wahrscheinlich hat der Mörder sie durch den Schnee geschleift, vielleicht wieder den Hang hinauf, dorthin, wo sie hergekommen sind. Opfer und Täter.
Doch da sind keine Spuren mehr.
Keine Abdrücke.
Nichts.
Ich überlege, was ich der Polizei am Telefon sagen werde. Was passieren wird, wenn ich meine Geschichte erzähle. Wenn klar wird, dass es die Leiche nicht gibt, über die ich spreche. Einzig und allein die Fotos, die ich gemacht habe, sprechen dafür, dass ich nicht dabei bin, wahnsinnig zu werden. Die Bilder auf der Filmrolle, die in meiner Blockhütte darauf warten, entwickelt zu werden.
Sie können beweisen, dass da jemand gelegen hat.
Aber nicht, dass die Frau tatsächlich tot war.
Fuck.
Wild pflüge ich weiter durch den Schnee.
Was, wenn ich etwas übersehen habe? Wenn sie sich noch bewegt hat? Wenn mir entgangen ist, dass sie noch geatmet hat? Vielleicht war ihr Kreislauf nur auf null heruntergefahren, weil es so kalt ist? Was, wenn ich ihr hätte helfen können?

Anstatt ihren Puls zu fühlen, habe ich sie fotografiert. Ich war der Geier, der über ihr kreiste.
Du bist ein Arschloch, Bronski.
Sie wollte sich wahrscheinlich in Sicherheit bringen, ist durch den Schnee gerobbt und irgendwo liegen geblieben. Und als ich mit Svenja telefoniert habe, ist sie erfroren.
So muss es gewesen sein.
Ich bin für ihren Tod verantwortlich.
Bin ich das wirklich?
Ich bin nicht mehr in der Lage, vernünftig zu denken. Das Schneetreiben verstellt meinen Blick. Das Adrenalin, das durch meinen Körper schießt. Die Dunkelheit, die langsam hereinbricht.
Ich muss zurück zu meiner Hütte, bevor ich die Orientierung verliere. Ich kann nicht mehr weitersuchen, würde den richtigen Weg nicht mehr finden.
Zum zweiten Mal an diesem Tag drehe ich um und laufe zurück. Verwirrt durch den Wald. So schnell wie möglich muss ich diese Bilder entwickeln. Das Gesicht sehen. Wissen, ob ich mich geirrt habe. Ich will die Bestätigung dafür, dass ich keinen Fehler gemacht habe. Ich brauche etwas Handfestes, wenn die Polizisten den Berg heraufkommen. Einen verdammten Beweis dafür, dass ich nicht verrückt geworden bin.

VIER

JUDITH BRONSKI & DAVID BRONSKI

- Bronski?
- Kannst ruhig Papa zu mir sagen.
- Fällt mir schwer. Wenn du nicht unbedingt darauf bestehst, lassen wir es lieber beim Nachnamen. Für mich müssen es keine Extras sein.
- Schön, deine Stimme zu hören. Auch wenn du keinen Familiensinn hast, ist es gut, dass ich dich endlich erreiche.
- Ich bin viel unterwegs. Ist wirklich verdammt schön hier. War eine gute Idee von Svenja, mich zu dieser Reise zu überreden. Laos hat es mir angetan, ich denke, wir werden eine Zeit lang hierbleiben.
- Wir?
- Du machst es schon wieder?
- Was mache ich denn?
- Hatten wir nicht vereinbart, dass du nicht mehr versuchst, dich in mein Leben einzumischen?
- Hatten wir. Fällt mir eben ziemlich schwer. Ich muss zugeben, wenn ich die Möglichkeit gehabt hätte, hätte ich dir die Reise ausgeredet.

- Hast du versucht.
- Und du bist trotzdem gefahren.
- Du bist süß, Bronski, eine richtige Glucke. Die Leute würden staunen, wenn sie wüssten, dass dieser harte Hund in Wirklichkeit ein solches Weichei ist.
- Wehe, du sagst es jemandem.
- Schön, dass du mich zum Lachen bringst. Aber hier ist es bereits mitten in der Nacht, ich habe schon geschlafen. Wenn es etwas Dringendes ist, komm zum Punkt, ansonsten lass uns morgen weiterreden.
- Wollte nur kurz deine Stimme hören.
- Ich höre doch, dass etwas nicht stimmt. Es ist was mit Svenja, oder? Du hast dich wieder mal von ihr getrennt.
- Nein, ganz im Gegenteil. Wir ziehen zusammen. Vielleicht heiraten wir ja auch.
- Nie im Leben, Bronski. Das bringst du nicht. Und jetzt sag endlich, was los ist, sonst muss ich mir nämlich Sorgen um dich machen.
- Ich bin in der Dunkelkammer und habe Bilder entwickelt, die ich heute Nachmittag gemacht habe.
- Und worum geht es dabei?
- Um eine junge Frau, ungefähr dein Alter. Darf ich dir ein Foto durchschicken?
- Klar.
- Ich bin in Tirol. Auf dieser Berghütte, von der ich dir erzählt habe. Auf einem Spaziergang heute Nachmittag habe ich sie gefunden.
- Gefunden?
- Das Foto müsste jetzt bei dir sein. Bitte schau es dir kurz

an. Ist zwar nur vom analogen Bild abfotografiert, aber die Qualität passt.
- Ich möchte mit diesem Polizeikram eigentlich nichts mehr zu tun haben. Ich habe den Job bei der Zeitung gekündigt, weil meine Haut zu dünn ist dafür. Also verschone mich bitte mit Details.
- Wirf nur einen kurzen Blick darauf.
- Muss das sein?
- Bitte, Judith.
- Weil du es bist.
- Und?
- Wow.
- Was denkst du?
- Sie ist wunderschön. Aber so wie es aussieht, ist sie tot.
- Bist du dir sicher?
- Du hast sie gefunden, nicht ich. Ich habe immer schon gesagt, du bist so etwas wie ein Trüffelschwein. Egal, wo du auftauchst, irgendwo fällt immer ein Toter vom Himmel.
- Ernsthaft, Judith. Ist für dich klar ersichtlich, dass die Frau tot ist?
- Was sind das für seltsame Fragen? Bist du betrunken?
- Nein, ich bin nicht betrunken. Beschreib mir bitte einfach nur, was du siehst.
- Das ist eines der schönsten Post-mortem-Fotos, die ich jemals von dir gesehen habe. Aber wenn ich ehrlich bin, finde ich es immer noch ziemlich krass, dass du Porträts von Toten machst. Was soll's, jeder von uns ist auf seine Art und Weise etwas durchgeknallt, oder?
- Könntest du mir bitte meine Frage beantworten? Du hast

keinen Zweifel daran, dass die Frau auf diesem Foto tot ist, richtig?
- Ich bin keine Expertin, aber nach allem, was ich hier sehe, würde ich sagen, sie geht nie wieder shoppen.
- Danke, Judith. Du hast mir sehr geholfen.
- Ich muss das nicht verstehen, oder?
- Musst du nicht. Ich dachte nur kurz, dass ich den Verstand verliere. Einen Moment lang habe ich daran geglaubt, dass sie vielleicht doch noch gelebt hat. Ziemlich verrückt, was hier gerade passiert.
- Ich will davon nichts wissen, Bronski. Weder, wo du sie gefunden hast, noch, wie sie gestorben ist oder was du jetzt vorhast.
- Schon klar. Dann würde ich sagen, du schläfst jetzt einfach weiter, und ich kümmere mich wieder um meine Fotos.
- Irgendwoher kenne ich sie.
- Die Frau auf dem Foto?
- Sie kommt mir bekannt vor. Irgendwo habe ich sie schon mal gesehen. Fernsehen, Internet, Zeitung, deine Tote ist keine Unbekannte.
- Tatsächlich?
- Ziemlich sicher. An dieses Gesicht erinnert man sich. Diese hohen Wangenknochen, die schmalen Lippen, die kantige Nase. Alles an ihr ist besonders. Keine klassische Schönheit, aber ziemlich exotisch. Ich weiß nur nicht, wo sie mir untergekommen ist.
- Bitte denk nach, Judith. Ist sie Schauspielerin? Model? Sängerin?

– Keine Ahnung, aber sobald es mir einfällt, melde ich mich wieder. Jetzt mache ich aber wieder das Licht aus.
– Danke dir.
– Gerne. Und pass auf dich auf, Bronski. Egal, was du anstellst, versprich mir, dass du am Leben bleibst.
– Ich bemühe mich.

FÜNF

Ich habe oft darüber nachgedacht.
Einfach so zu verschwinden, aufzugeben, mich aufzulösen.
Zu sterben wäre manchmal tatsächlich das Einfachste. Doch immer wieder habe ich gezögert und bin geblieben.
Weil meine Tochter damit rechnet, dass ich irgendwann ein alter Mann sein werde, der ihre Kinder auf den Schoß nimmt.
Weil Svenja nach wie vor daran glaubt, dass ich mein Leben in den Griff bekomme, dass ich es schaffen kann, mein Glück zu finden.
Dabei finde ich nicht einmal diese Leiche.
Am Ende bin ich ein hoffnungsloser Fall.
Eine Zumutung.
Eigenbrötlerisch und depressiv.
Ich schaufle Schnee.
Denke nach.
Und erinnere mich plötzlich an diesen Film.
Ein Kunstwerk aus 1966. *Blow Up* von Michelangelo Antonioni. Ein Fotograf ist zufällig Zeuge eines Mordes, er macht Bilder von der Tat und entwickelt sie in der Dunkelkammer.

Auf einer Vergrößerung sieht er das Opfer und seinen Mörder. Als er an den Tatort zurückkehrt, ist die Leiche verschwunden. Und das Schicksal nimmt unerbittlich seinen Lauf.
Fuck, Bronski.
Unzählige Male habe ich mir diesen Klassiker angesehen. Er hat mich dazu inspiriert, Fotograf zu werden.
Es war das Geheimnisvolle, das mich gereizt hat, diese Spannung. Ich war damals richtig süchtig danach, bin es immer noch. Teil von etwas Dunklem zu sein. In Geschichten hineingezogen zu werden, die sich meiner Kontrolle entziehen. Geschichten wie jene dieser jungen Frau.
Genauso wie in diesem Film ist ihre Leiche spurlos verschwunden. Und ich muss herausfinden, warum. Der Bluthund in mir hat eine Story gewittert, und der Hinweis von Judith, dass die Tote möglicherweise prominent ist, hat zusätzlich meine Fantasie befeuert. Mich wieder abgelenkt. Von mir weggeführt.
Nach dem Telefonat mit meiner Tochter bin ich nach draußen und habe begonnen, die Wege rund um das Haus von den Schneemassen zu befreien. Ich schaufle, bis ich kaum noch Luft bekomme. Und ich quäle mich mit Fragen, auf die ich keine Antworten habe.
Ich muss herausfinden, wohin die Leiche gebracht wurde, wer dafür verantwortlich ist. Klar ist, dass derjenige, der das Mädchen umgebracht hat, die Zeit genutzt hat, in der ich mein Telefon geholt habe. Dass es so heftig zu schneien begonnen hat, war für den Täter ein Glücksfall. Ist es immer noch. Alle Spuren verschwinden.
Hätte ich die Fotos nicht gemacht, könnte man denken, dass

ich mir das alles nur eingebildet habe. So aber weiß ich, dass dem nicht so ist.

Sie war tot, als ich sie fotografiert habe. Hat nicht mehr geatmet.

Verdammt, ich weiß, was ich gesehen habe.

Wie sich der Tod anfühlt.

Ich kenne diese Leere.

Lasse die Schaufel fallen.

Gehe zurück in die Wärme und schaue mir die Satellitenbilder von der Gegend im Internet an. Mühelos kann ich meine Blockhütte ausfindig machen. Ich sehe das riesige Gebiet, in dem weit und breit außer Berghängen und vereinzelten Baumgruppen nichts ist. Nichts, bis auf eine weitere, wesentlich größere Berghütte, vielleicht zwanzig Minuten von dem Ort entfernt, wo ich sie gefunden habe. Dort muss ich beginnen zu suchen.

Auf den Satellitenaufnahmen, die im Sommer gemacht wurden, ist keine Zufahrtsstraße zu erkennen. Nur ein schmaler Wanderweg. Es ist ein Domizil im Nirgendwo. Zwischen mir und dem Himmel ein besonderer Rückzugsort. Wer auch immer die Hütte oder das Haus gebaut hat, muss das Baumaterial mit dem Hubschrauber auf den Berg geflogen haben. Wer auch immer dort wohnt, hat Geld. Und wahrscheinlich auch Antworten für mich.

Am entlegensten Fleck der ganzen Region hoffe ich einen Mörder zu finden. Oder zumindest die Leiche.

Die halbe Nacht rätsle ich, mache Vergrößerungen und schaue mir die Überblicksbilder des Tatorts an, die ich gemacht habe. Ich schaue mir die Fußspuren an, überprüfe die Wege auf der

Karte und werde darin bestätigt, dass die Richtung, in die ich am nächsten Morgen aufbrechen will, die richtige ist.

In meinem provisorisch eingerichteten Labor finde ich ein Stück wieder zu mir.

Den Raum, der normalerweise als Schlafzimmer dient, habe ich zur Dunkelkammer umfunktioniert. Den Vergrößerer, die Chemie, die Wannen und alles, was ich sonst noch für mein Glück brauche, hat mir der Besitzer der Hütte bei meiner Ankunft mit dem Motorschlitten hochgebracht.

Ich liebe mein Equipment aus den Neunzigern. Egal, wo ich es aufbaue, dieser Moment, in dem ich das belichtete Fotopapier in den Entwickler lege und die ersten Konturen sichtbar werden, macht mich glücklich. Nach so vielen Jahren ist es immer noch aufregend, zu sehen, was ich analog auf Film gebannt habe.

Die Tote im Schnee.

Ihr Gesicht.

Das Blut.

Jetzt in Vergrößerung.

Dass ich daran gezweifelt habe, ob die Frau im Schnee vielleicht noch gelebt hat, kommt mir plötzlich lächerlich vor. Die Tatsache, dass die Leiche verschwunden ist, hat mich aus dem Konzept gebracht, die Möglichkeit, dass die Wirklichkeit einem Film ähneln könnte.

Doch jetzt sehe ich wieder klar.

Der Täter war in der Nähe, hat mich vielleicht sogar beobachtet. Wie ein Laie bin ich vorgegangen. Nach all den Jahren im Einsatz hätte ich einfach die Polizei rufen sollen. Mein Verhalten ist mir peinlich. Ich schäme mich dafür.

Deshalb ignoriere ich auch Svenjas Anrufe und Nachrichten.
Warum rufst du mich nicht an, Bronski?
Was ist los bei dir?
Geht es dir gut?
Ich wische es beiseite.
Trinke Rotwein.
Eineinhalb Flaschen.
Melde mich morgen, schreibe ich.
Alles gut.
Dann lege ich mich hin.
Wälze mich lange hin und her. Nicke kurz weg.
Und rieche etwas.
Rauch.
Langsam und leise schleicht er sich in meine Kehle. Ich huste.
Bekomme kaum Luft.
Träume ich?
Es wird heiß.
Es dauert eine Zeit lang, bis ich begreife, dass ich in Gefahr bin. Dass die Flammen echt sind, das Knistern, der Geruch, den ich von so vielen Bränden kenne, bei denen ich fotografiert habe.
Ich schrecke hoch.
Verwirrt und benebelt vom Wein, reiße ich die Tür auf.
Ich muss atmen.
Luft holen.
Schnell.
Benommen bringe ich mich in Sicherheit. Rette, was noch zu retten ist. Meine Jacke, Schuhe, Handschuhe und Mütze.

Mein Telefon. Ich greife danach und renne vor den Flammen davon. Vor dem Rauch.

Vielleicht zwanzig Meter entfernt von der Hütte falle ich in den Schnee. Und sehe zu, wie alles verbrennt.

Meine Kameras. Das Labor. Die Fotos.

Meine Augen wandern hin und her.

Langsam begreife ich, was geschieht.

Da sind große, schöne Flocken, die auf das Feuer fallen. Und trotzdem steht das Blockhaus, das mir meine Schwester Anna so ans Herz gelegt hat, innerhalb kürzester Zeit in Brand. Wäre ich zehn Minuten später aufgewacht, wäre ich wahrscheinlich erstickt.

Tief atme ich ein und aus.

Schaue zu, wie die Flammen um sich greifen.

Das kann kein Zufall sein. Jemand muss das Feuer gelegt haben. Jemand will verhindern, dass die Sache mit der Leiche ans Licht kommt. Nur so kann ich es mir erklären.

Dass ich im Schnee knie und auf die brennende Hütte starre.

Zusehe, wie die Welt um mich herum verschwindet. Und es Tag wird.

Es ist sieben Uhr morgens.

Seit vierundzwanzig Stunden schneit es.

Vor mir ein Flammenmeer.

SECHS

DIETER STEINER & DAVID BRONSKI

– Sind Sie verletzt?
– Nein, aber Sie müssen sofort Ihre Leute hier raufschicken.
– Das geht nicht. Kein Bergretter kommt jetzt da hoch. Der Hubschrauber hat keine Sicht, und zu Fuß ist es unmöglich. Zu viel Schnee ist gefallen, wir haben Lawinenwarnstufe fünf, hier unten steht alles kopf.
– Mein Gott, das bisschen Schnee wird doch wohl kein Problem für Sie sein. Schnappen Sie sich eine Pistenraupe oder einen Motorschlitten, und setzen Sie sich in Bewegung.
– Wie war noch mal Ihr Name?
– Bronski.
– Und was Sie mir da gerade erzählt haben, klingt ehrlich gesagt ziemlich verrückt, Herr Bronski. Ich bin mir nicht sicher, wie ich die Situation einschätzen soll.
– Ich kann es Ihnen gerne noch mal schildern. Dem Mädchen wurde der Schädel zertrümmert. Und auch ich hätte beinahe dran glauben müssen, weil jemand mein Blockhaus abgefackelt hat.
– Sie gehen also von Brandstiftung aus?

– Im Ofen war nur noch Glut, als ich schlafen ging, und die Ofentür war gut verschlossen. Ansonsten war da nichts, das brannte oder sich hätte entzünden können.
– Die Brandsachverständigen werden das klären.
– Sie verstehen nicht, oder? Das hier ist keine Übung, jemand wollte mich töten.
– Das können Sie nicht mit Bestimmtheit sagen.
– Was soll das, verdammt noch mal? Ich kann gerne Ihren Vorgesetzten anrufen, wenn Sie nicht in der Lage sind, Ihren Job zu machen.
– Ich bin hier der Einsatzleiter, Sie müssen sich also mit mir herumschlagen.
– Und ich bin Fotograf bei einer großen deutschen Tageszeitung, ich weiß, wovon ich rede. Ich bilde mir das alles nicht ein, irgendjemand hat es auf mich abgesehen.
– Und was macht Sie da so sicher?
– Keine Ahnung. Ich weiß es einfach. Derjenige, der das Mädchen getötet hat, will auch mich umbringen.
– Sie sagten, dass das tote Mädchen verschwunden ist, richtig?
– Ja, aber ich werde sie finden. Sie war da, ich habe Fotos gemacht.
– Sie haben Fotos gemacht?
– Zeige ich Ihnen, wenn Sie sich endlich in Bewegung setzen und Ihren beschissenen Arsch hier raufbewegen.
– Mir ist klar, dass Sie sich in einer absoluten Ausnahmesituation befinden. Umso wichtiger ist es, dass Sie jetzt kühlen Kopf bewahren. Sie wissen bestimmt, dass es neben der Glut im Ofen noch viele weitere Gründe für ein Feuer ge-

ben könnte. Eine vergessene Kerze, ein Topf am Herd, eine unachtsam ausgedrückte Zigarette. Es muss nicht zwangsläufig Fremdverschulden sein.
- Ich rauche nicht, da war keine Kerze, und gekocht habe ich auch nicht.
- Das Wichtigste ist, dass Sie jetzt erst mal in Sicherheit sind.
- Sie wollen es nicht verstehen, oder? Mein ganzes Gepäck ist verbrannt, meine Fotoausrüstung, alles hat sich in Rauch aufgelöst. Also bitte unternehmen Sie etwas, Sie können mich hier doch nicht einfach allein lassen.
- Bitte, beruhigen Sie sich. Ich verspreche Ihnen, dass wir alles tun werden, um Ihnen zu helfen. Sobald es möglich ist, werden wir Sie von da oben herunterholen. In der Zwischenzeit bleiben Sie bitte genau da, wo Sie sind. Solange das Blockhaus brennt, erfrieren Sie nicht. Die Glut wird noch lange aktiv sein und Sie wärmen. Sobald es aufhört zu schneien und der Himmel aufklart, wird der Helikopter starten.
- Ich werde bestimmt nicht darauf warten, bis das Wetter wieder besser wird. Laut Wettervorhersage kann das ewig dauern.
- Falls Sie nichts zu trinken haben, versuchen Sie, in der Glut Schnee zu schmelzen. Halten Sie sich warm. Sorgen Sie dafür, dass das Feuer nicht ausgeht, bis wir da sind.
- So wie es aussieht, wird das noch eine Zeit lang dauern. Mir wird also nichts anderes übrig bleiben, als die Sache selbst in die Hand zu nehmen.
- Was meinen Sie damit?
- Ich werde die Leiche suchen. Und denjenigen, der sie weggeschafft hat.

- Weggeschafft? Wohin denn? Sie sprechen von Mord und Brandstiftung.
- Sie glauben mir kein Wort, oder?
- Was ich glaube oder nicht, spielt keine Rolle. Für mich geht es in erster Linie darum, Sie heil von diesem Berg herunterzubekommen.
- Sie nehmen mich nicht ernst, das höre ich in Ihrer Stimme.
- Wir werden über alles in Ruhe reden. Wichtig ist, dass Sie nicht auskühlen und nicht alleine in diesem Schneegestöber herumspazieren. Sie rühren sich bitte nicht vom Fleck und versuchen auch nicht, ins Tal abzusteigen. Die Wahrscheinlichkeit, dass Sie im Sturm verloren gehen, ist zu groß. Nehmen Sie das nicht auf die leichte Schulter. Sie wären nicht der Erste, der da oben im Winter verunglückt.
- Da ist eine Berghütte in der Nähe, östlich von hier, ich schätze mal, eine halbe Stunde entfernt. Das kann ich schaffen.
- Können Sie nicht. Im Tiefschnee ist es bei diesen Niederschlagsmengen unmöglich voranzukommen. Außerdem habe ich keine Ahnung, ob da im Moment jemand ist.
- Ich werde mich auf den Weg machen und es herausfinden.
- Warten Sie, bitte legen Sie nicht auf.
- Was wollen Sie denn noch?
- Gibt es jemanden, den wir anrufen können? Frau oder Familie? Es ist wichtig, dass eine Nummer für den Notfall bei uns hinterlegt ist.
- Für den Fall, dass ich sterbe, oder was? Oder rechnen Sie damit, dass Ihnen jemand von meinen Leuten sagt, dass

ich aus der Psychiatrie entlaufen bin und mir das alles nur ausgedacht habe?
- Nein. Ich würde gerne mit jemandem reden, der Sie zur Vernunft bringt.
- Das wird leider nichts.
- Ich bitte Sie, bleiben Sie, wo Sie sind. Das überleben Sie sonst nicht.
- Das werden wir sehen.

SIEBEN

Fuck you.
Weil er mir nicht glaubt. Mich alleinlässt.
Ich habe den Notruf gewählt, doch die Hilfe, die ich mir erwartet habe, nicht bekommen. Niemand wird sich zu mir auf den Weg machen. Schlechte Sicht, zu viel Schnee, Lawinengefahr.
Keiner bringt mich in Sicherheit.
Ob es klug ist oder nicht, ich muss diese Berghütte finden, bevor es wieder dunkel wird. Bevor das Feuer ausgeht und ich im Schnee versinke. Bevor ich durchdrehe, weil Panik in mir aufsteigt.
Ich weiß, dass es hundertmal klüger wäre, mich nicht von dem brennenden Blockhaus wegzubewegen, dass es lebensgefährlich ist, stundenlang durch eineinhalb Meter hohen Schnee zu waten.
Trotzdem denke ich darüber nach.
Frühestens in zwei Tagen können sie jemanden losschicken, erst dann wird sich laut Vorhersage das Wetter langsam beruhigen. Bis dahin wird es weiterschneien.

Wenn ich also irgendwo Unterschlupf finden will, muss ich jetzt losgehen. So schnell wie möglich, ich darf nicht länger warten.

Ich muss handeln.

Nehme mein Telefon. Und mache Bilder.

Fotos von dem Blockhaus.

Ich konzentriere mich auf das, was ich am besten kann. Tue, was ich auch sonst immer tue. Ich schiebe eine Linse zwischen mich und die Welt, verstecke mich hinter meinem Fotoapparat und verdränge den Rest, die Gefahr, die Bedrohung, die Angst. Ich nehme Abstand. Kümmere mich um die Fotos für die Zeitung, bei der ich arbeite.

Reiß dich zusammen, Bronski.

Ist ja nicht das erste Mal, dass es knapp war.

Ruf endlich Svenja an und erzähl ihr, was passiert ist.

Schick ihr die Brandbilder und mach dich auf den Weg.

Wenn du hierbleibst, wirst du erfrieren.

Ich zwinge mich. Und tippe ihre Nummer.

Svenjas Stimme tut gut.

Ein Hauch von Normalität. Sie sorgt sich.

Was ist da los bei dir, Bronski?

Warum meldest du dich nicht?

Ich höre sie und kann kaum noch atmen.

Meine Kehle ist verkrampft. Ich bemühe mich, die Fassung nicht zu verlieren, während ich erzähle. Ich markiere den starken Mann und verschweige ihr, dass ich mich davor fürchte, nicht mehr heil aus der Sache herauszukommen.

Alles halb so schlimm, Svenja.

Musst dir wirklich keine Sorgen machen.

Ich war bereits in Sicherheit, bevor es richtig gebrannt hat.
Ich will sie nicht beunruhigen. Nicht von ihr davon abgehalten werden, aufzubrechen. Svenja soll mich antreiben und nicht zurückhalten. Ich sage ihr nicht, dass ich zum ersten Mal ernsthaft Angst davor habe, dass mir etwas passiert. Dass ich womöglich sogar sterben könnte.
Herzrasen.
Mein Körper erinnert sich an den Moment, in dem ich in dem brennenden Blockhaus wach geworden bin.
Die Panik wird von Sekunde zu Sekunde größer.
Es wiederholt sich, ich habe das Gefühl zu ersticken.
Während ich Svenja weiterhin vormache, dass ich alles im Griff habe, bin ich dabei, die Kontrolle zu verlieren.
Ich zwinge mich, nicht loszuheulen.
Was ist mit dir?, fragt sie.
Warum sagst du nichts, Bronski?
Ist alles in Ordnung?
Klar, antworte ich so normal wie möglich.
Du kennst mich doch, Svenja.
Mich bringt so schnell nichts um.
Ich habe keine Ahnung, wie ich die nächsten Atemzüge überstehen soll. Ich klammere mich an dem Gedanken fest, dass es gleich wieder vorbei ist. Beinahe muss ich mich übergeben, lautlos schnappe ich nach Luft.
Ich habe alles im Griff, Svenja.
Und sie glaubt mir.
Zumindest rede ich mir das ein.
Svenja ist neugierig auf die Bilder vom Feuer, die ich ihr so schnell wie möglich schicken soll. Auch das Porträt der Toten

will sie sehen, das Handyfoto, das ich für Judith gemacht habe. Ein analoges Bild, digital abfotografiert. Svenja brennt darauf, es der Chefredakteurin auf den Tisch zu legen.
Wie lange soll ich noch darauf warten?, fragt sie.
Wenn du nicht endlich auf Senden drückst, verlasse ich dich.
Sie lacht. Hat keine Vorstellung davon, was wirklich los ist. Svenja denkt, dass ich in Sicherheit bin. Hat nichts zwischen den Zeilen gehört. Meine Hilflosigkeit. Ich bin zu weit weg.
Ist es nicht gefährlich bei dem Wetter da draußen?, fragt sie nur.
Kein Problem, sage ich.
Wenn ich in dieser Hütte angekommen bin, melde ich mich wieder.
Svenja schickt mir zum Abschied einen Kuss.
Dann sterbe ich.

ACHT

ANNA DRAGIC & DAVID BRONSKI

– Na, Bruderherz, wie ist es? Habe ich dir zu viel versprochen? Ich hoffe, du genießt es. Oder kommst du schon um vor Einsamkeit da oben?
– Ich habe Scheiße gebaut, Anna. Ich hätte auf diesen Kerl hören sollen.
– Von welchem Kerl redest du, Bronski?
– Er hat mich gewarnt. Mir gesagt, dass ich das nicht tun soll.
– Was nicht tun? Was ist los?
– Mir ist kalt, Anna.
– Dann zieh dir was Warmes an oder heiz den Kachelofen ein. Der wärmt die Bude im Handumdrehen, ich liebe dieses Teil. Vielleicht sollte ich mir das Blockhaus auch bald wieder mal mieten.
– Das Blockhaus gibt es nicht mehr.
– Was meinst du damit?
– Es ist alles verbrannt.
– Muss ich mir Sorgen machen, Bronski?
– Ja, musst du. Alles, was ich dir jetzt sage, meine ich zu hundert Prozent ernst.

- Was ist passiert?
- Jemand hat die Hütte in Brand gesteckt, während ich geschlafen habe. Ich konnte mich gerade noch rechtzeitig nach draußen retten. War verdammt knapp, Anna.
- Scheiße, Bronski. Bist du verletzt?
- Nein. Aber so wie es aussieht, werde ich das nicht überleben. Ich Idiot bin einfach losgegangen, wollte mich in Sicherheit bringen. Aber ich habe es nur schlimmer gemacht. Ich wollte zu dieser Berghütte laufen, habe aber die Distanz falsch eingeschätzt. Den Schnee.
- Sag mir, wo du bist, Bronski.
- Ich bin zu langsam. Das Navi sagt, ich bin zu weit von meinem Ziel entfernt. Das geht sich nicht mehr aus, Anna.
- Um Himmels willen, was geht sich nicht mehr aus?
- Meine Füße, die Hände, ich kann sie nicht mehr spüren.
- Du irrst bei diesem Schneesturm da draußen herum?
- Ich bin im Arsch, Anna.
- Hör auf damit, Bronski. Schick mir sofort deinen Standort durch. Egal, wo du bist, ich hol dich da raus.
- Das geht leider nicht mehr. Niemand kommt da jetzt noch hoch. Ich habe mit der Bergrettung telefoniert. Der Hubschrauber kann nicht starten. Außerdem sind mehrere Lawinen abgegangen, ich habe das Grollen gehört. Die Schneemassen machen einen Aufstieg unmöglich. Ich bin im Arsch.
- Ich habe gesagt, du sollst damit aufhören. Konzentrier dich auf das, was jetzt wichtig ist. Du musst dich bewegen, hörst du. Falls du im Schnee sitzt oder liegst, steh auf. Du musst weitergehen. Jetzt sofort, Bronski!

- Keine Kraft mehr. Der Schnee ist so hoch wie eine Wand, ich komme weder vor noch zurück. Ich fürchte, das war's für mich.
- Spinnst du jetzt?
- War im Grunde nur eine Frage der Zeit, bis es mich erwischt.
- Schluss damit. Ich will endlich wissen, wie du in diese beschissene Lage gekommen bist. Wer hat das Blockhaus angezündet? Und warum rennst du da oben durch den Schnee? Rede mit mir, Bronski.
- Ruf Svenja an. Sie wird dir alles erzählen. Und sag ihr bitte, dass ich sie liebe.
- Du bewegst jetzt sofort deinen Arsch und gehst weiter. Grab dich durch den verdammten Schnee, bis du bei dieser Berghütte bist. Du kannst nicht einfach aufgeben und uns alleinlassen. Wir brauchen dich, verstehst du?
- Ich kann kaum noch das Telefon halten.
- Doch, du kannst. Und weißt du auch, warum? Weil du eine Tochter hast, Bronski. Willst du, dass ich Judith sage, dass sich ihr Vater einfach verpisst hat? Soll ich ihr sagen, dass du erst gar nicht versucht hast, es zu schaffen? Soll sie ihren Vater verlieren? Nach allem, was sie erlebt hat, würde sie das wahrscheinlich umbringen. Also hör jetzt auf, dich zu bemitleiden, und lauf weiter. Ich werde mich in der Zwischenzeit darum kümmern, dass wir da irgendwie hochkommen zu dir.
- Hier ist nur Schnee. Keine Rettungsmannschaften, keine warmen Decken, kein Tee. Ich fürchte, ich habe alle meine Leben verbraucht. Game over.

- Nichts da. Heute ist dein Glückstag. Hast gerade ein Bonusspiel gewonnen. Deshalb schickst du mir jetzt eine dauerhafte Freigabe, damit ich deinen Standort verfolgen kann. Ich lass dich da oben nicht im Stich, kleiner Bruder. Ich verspreche dir, ich werde bald bei dir sein. So lange bleibst du am Leben, ja?
- Ich versuche es.

NEUN

Anna wird nichts unversucht lassen.
Sie hat sofort verstanden, dass die Lage ernst ist, zweifelt nicht daran, dass ich kurz davor bin, aufzugeben und für immer im Schnee liegen zu bleiben.
Anna kennt mich besser als jeder andere. Sie hat auf mich aufgepasst, nachdem unsere Mutter gestorben ist. Sie liebt mich. Deshalb wird sie nicht zögern und ihr eigenes Leben für mich aufs Spiel setzen.
Und dafür verfluche ich mich.
Dass ich nicht nur mich in den Abgrund stürze, sondern auch andere.
Was, wenn Anna ebenso verrückt ist wie ich und sich auf den Weg macht? Was, wenn sie dabei draufgeht? Was, wenn ich allen nur Unglück bringe? Svenja, Judith, Anna?
Wieso bin ich nur so stur gewesen und aufgebrochen, anstatt bei dem Blockhaus zu bleiben?
Wie so oft in meinem Leben wollte ich auf niemanden hören.
Ein Leben lang war ich ein Glücksritter, habe darauf vertraut, dass das Schicksal in jeder Situation Sonderregelungen für

mich bereithält. Ich bin ein Spieler, gehe immer selbstverständlich davon aus, dass ich gewinne. Als wäre ich unsterblich. Ständig begebe ich mich in Gefahr. Unbedacht lege ich mich mit allem und jedem an. Dass das nicht immer gut gehen kann, ist allen klar. Nur mir nicht.

Ich liege im Schnee und hasse mich dafür. Für meinen Eigensinn und dafür, dass ich nicht stillstehen kann. Nicht auf meinen Körper gehört habe, nicht auf die Signale, die er ausgeschickt hat. Die Panikattacke, die mich überrollt hat, als ich mit Svenja telefoniert habe, hätte Warnung genug sein müssen.

Aber ich habe es nicht zugelassen. Ignoriert, dass ich bereits am Ende war, nicht in der Lage, mich allein auf den Weg zu machen. Ich bin selbst für all das verantwortlich.

Und deshalb werde ich mich wehren.

Versuchen, nicht aufzugeben.

Nicht liegen zu bleiben.

Ich werde mich weiter durch diesen verdammten Schnee graben.

Ich zwinge mich dazu, nicht an die Kälte zu denken, die sich immer weiter unter meine Haut schleicht, an die ausweglose Situation, in der ich mich befinde. Ich kämpfe mich hoch, setze einen Schritt vor den anderen und schreie den Schnee an.

So leicht werdet ihr mich nicht los.

Noch ist es nicht vorbei.

Fickt euch.

Niemand hört mich.

Ein letztes Aufbäumen.

Ich ziehe noch einmal meine Handschuhe aus und öffne die Navigations-App. Ich präge mir die Richtung ein, in die ich gehen muss.

Doch weiter als ein paar Meter kann ich nicht sehen. Der Schnee hat alles zugedeckt. Wege, die ich noch am Vortag problemlos begangen habe, sind nicht mehr da. Eine neue Landschaft hat sich geformt, bedrohlich und unüberwindbar. Für zehn Meter brauche ich so lange wie normalerweise für hundert.

Ich friere, wie ich noch nie zuvor gefroren habe. Ich halte es nicht mehr aus. Die Hoffnung schwindet von Minute zu Minute.

Mit der Gewissheit, den Zufluchtsort innerhalb einer halben Stunde zu erreichen, bin ich losgelaufen. Nach fünf Stunden bin ich noch immer nicht am Zielpunkt angelangt. Ich bin völlig außer Atem, die Schneewände sind zu hoch. Mit viel Mühe schaffe ich es, die Hänge zu überqueren, aber bergauf scheitere ich erneut.

Ich fühle mich wie ein kleiner Junge.

Ohne die Hilfe meiner Eltern kann ich niemals alleine zurück zum Ufer schwimmen. Niemals aus der Dunkelheit den Weg aus dem Wald finden. Niemals wieder zu Hause ankommen, ich bin in der Großstadt verloren gegangen.

Die Albträume aus meiner Kindheit überrollen mich.

Lähmen mich.

Mein Puls rast.

Wieder brülle ich.

Lauter noch.

Meine Stimme wild zwischen den Schneeflocken.

Lasst mich in Ruhe, ihr Schweine.
Ich habe euch nichts getan.
Habt ihr mich gehört?
Verzweifelt und wütend und mit letzter Kraft wühle ich mich durch das Weiß. Eine Minute noch, zwei.
Da steht sie plötzlich vor mir.
Ganz selbstverständlich im Schnee.
Sie rührt sich nicht von der Stelle und hebt ihren Kopf.
Lässt die Flocken auf ihr Gesicht fallen.
Schön, dich wiederzusehen, sagt sie.
Und küsst mich.

ZEHN

MONA BRONSKI & DAVID BRONSKI

- Damit hast du nicht gerechnet, oder?
- Mona?
- Ich weiß, wir haben uns lange nicht gesehen. Ist aber immer noch schön, dich zu küssen. Fühlt sich gut an, findest du nicht auch?
- Was machst du hier?
- Nach dir sehen. So wie es scheint, kommst du dieses Mal nicht so einfach davon.
- Wie kann das sein? Das ist unmöglich. Du bist tot, Mona.
- Es geht mir gut, Bronski. Im Gegensatz zu dir.
- Ich verstehe das nicht.
- Du weißt, dass ich dich immer geliebt habe. Ich war deine Ehefrau, habe dich stets unterstützt und dich auch oft bewundert, aber was du jetzt hier ablieferst, geht gar nicht.
- Was mache ich denn?
- Du bist dabei, durchzudrehen.
- Nein, Mona. Es geht mir gut, es ist alles in Ordnung.
- Und deine Panikattacken?
- Ich kann damit umgehen.

- Und deine paranoiden Schübe?
- Keine Ahnung, wovon du redest.
- Du fühlst dich verfolgt. Denkst, jemand hätte das Blockhaus angezündet. Glaubst du ernsthaft, dass man dich umbringen will?
- Ja, das glaube ich.
- Es sind die Tabletten, Bronski. Seit du sie nimmst, stimmt mit dir etwas nicht. Eigentlich sollte es dir doch besser gehen. Aber so, wie es aussieht, ist das Gegenteil der Fall. Du ziehst dich zurück, verlierst den Boden unter den Füßen, bildest dir Dinge ein. Die Nebenwirkungen scheinen fatal zu sein.
- Ich bilde mir gar nichts ein.
- Doch, das tust du. Eine tote Frau im Schnee? Ein Brandstifter, der es auf dich abgesehen hat? Kommt dir das nicht selbst etwas komisch vor?
- Ich habe sie gesehen, Mona, sie fotografiert. Und die Hütte hat nicht von alleine angefangen zu brennen. Ich irre mich nicht.
- Jetzt denk doch mal nach, Bronski. Wenn sie wirklich tot gewesen wäre, dann solltest du dir ernsthaft die Frage stellen, warum dir jemand etwas antun will. Du hast nur ein paar Fotos von einer Leiche gemacht. Du hast nichts in der Hand, womit du jemandem schaden könntest.
- So einfach ist das nicht, Mona.
- Und warum nicht?
- Weil derjenige, der das Mädchen umgebracht hat, nicht will, dass man die Leiche findet. Wenn man mich zum Schweigen bringt, wird man sie bis zum Frühjahr nicht

finden. Bis dahin sind alle Spuren verwischt, und es wird unmöglich sein, den Mörder zu fassen.
- Das reimst du dir doch alles zusammen. Vielleicht nimmst du dich auch eine Spur zu wichtig. Kann es nicht sein, dass dich die viele Arbeit in den letzten Jahren verrückt gemacht hat? Ich habe dir immer gesagt, dass das auf Dauer nicht gesund ist. Am Ende machen dich all das Leid und Unheil nur kaputt.
- Nein, Mona, so ist es nicht.
- Die Wahrheit ist, dass du dein Leben ohne Medikamente nicht mehr auf die Reihe bekommst. Obwohl du allen Grund hättest, glücklich zu sein.
- Das mit den Tabletten ist nur vorübergehend, die Depressionen gehen vorbei.
- Vergiss es, Bronski. Ich weiß, wovon ich rede. Ich habe das Zeug lange genug selbst genommen. Geholfen hat es mir nicht, du erinnerst dich doch noch, oder? Am Ende bin ich vom Dach eines Hochhauses gesprungen.
- Es geht mir gut, Mona.
- Findest du? Und warum redest du dann mit mir? Ich bin seit acht Jahren tot.
- Der Grund dafür ist, dass ich dich vermisse.
- Ach, hör doch auf. Du hast keinen Grund zum Jammern. Deine neue Freundin ist wunderbar, alles ist perfekt. Aber du versaust es. Obwohl sie dir so viel bedeutet, wehrst du dich dagegen, glücklich zu sein.
- Ich wehre mich nicht.
- Doch, das tust du. Sie liebt dich, aber du lässt sie nicht in dein Leben. Außerdem vergisst du das Wichtigste.

– Und das wäre?
– Unsere Tochter. Anna hat dir doch schon gesagt, dass du sie nicht im Stich lassen darfst.
– Ich lasse sie nicht im Stich.
– Dann reiß dich zusammen, verdammt nochmal. Du bist es mir schuldig, dass du auf Judith aufpasst.
– Und wie soll ich das machen? Ich komme hier nicht weg. Das hier ist die Endstation.
– Ist es nicht, Bronski. Du wirst verdammt nochmal dafür sorgen, dass Judith nicht auch noch ihren Vater verliert.
– Das werde ich.
– Was hast du gesagt? Ich kann dich nicht hören, Bronski.
– Ich werde für sie da sein.
– Lauter, Bronski. Ich will es hören. Sag mir, dass du nicht sterben wirst.
– Werde ich nicht.
– Sag es, Bronski. Lauter. Sag, dass du leben willst.
– *Ich will leben, Mona.*

ELF

Immer wieder sage ich diesen Satz.
Ich brülle ihn aus mir heraus, wie wild schlage ich auf den Schnee ein, grabe mich weiter, stolpere, stehe auf. Meter für Meter.
Mit neuer Kraft. Der Wille, zu leben, den ich verloren hatte, ist zurück. Ich sehe Monas Gesicht vor mir, höre ihre Bitten, ihre Wut, weil ich unser kleines Mädchen alleine zurücklassen wollte.
Unsere Tochter, für die sie gestorben ist.
Du bist es mir schuldig, Bronski.
In Monas Blick diese Traurigkeit.
Diese Schwere, die sie nun mir zu nehmen versucht.
Im Gegensatz zu mir hast du eine Zukunft, sagt sie.
Bitte, verbock es nicht.
Liebevoll flüstert sie.
Ich schleppe mich weiter.
Egal, wie lange es dauert, egal, ob ich mich noch spüre oder nicht. Ich schleppe diesen Klumpen kaltes Fleisch in die Richtung, die mir das Navi vorgegeben hat.

Ich werde nicht sterben, Mona.
Ich will weiterleben.
Ich werde nicht aufgeben.
Ein beschissenes Mantra, das mich retten soll. Meine Gedanken an Mona, die Erinnerung an diese wunderbare Frau, mit der ich jahrelang durch die Hölle gegangen bin.
Während ich versuche, es über eine weitere Kuppe zu schaffen, geht sie neben mir her und redet mir zu.
Treibt mich durch den Schnee, der gnadenlos weiterfällt.
Es ist nicht mehr weit, Bronski.
Nur ein paar Meter noch.
Und ohne nachzudenken, tue ich, was sie von mir verlangt. Mit letzter Kraft erinnere ich mich an ihr Gesicht und ihre Augenbrauen, die sie immer nach oben zog, wenn sie etwas von mir wollte und darauf wartete, dass ich nachgab.
Du hast es mir versprochen, Bronski.
Ich gehe weiter.
Krieche.
Dann höre ich sie lachen.
Mona. Zufrieden und erleichtert.
Gut gemacht, sagt sie.
Ich sehe Licht hinter Fenstern.
Aus einem Kamin steigt Rauch empor.
Anstatt das Bewusstsein zu verlieren, robbe ich auf diese Berghütte zu, die hinter der endlosen weißen Wand vor mir auftaucht.
Innerhalb von Sekunden dreht sich alles.
Rettung. Wärme.
Ein Dach über dem Kopf.

Mit letzter Kraft klopfe ich an die Tür.
Dann höre ich Stimmen.
Spüre Hände, die mich hochheben, mich stützen.
Wie durch einen Schleier nehme ich wahr, was passiert.
Das heiße Wasser.
Tausend kleine Nadelstiche, die meinen Körper durchbohren.
Und dann ist da dieser junge Mann, der neben mir sitzt.
Rock 'n' Roll, höre ich ihn sagen.
Er lächelt mich an.
Und trinkt.

ZWÖLF

BADYBOY & DAVID BRONSKI

- Prost. Das hier bringt deinen Kreislauf wieder in Schwung.
- Was ist das?
- Champagner.
- Wo bin ich hier?
- Du hast dich in unser Chalet verirrt. Gerade noch rechtzeitig, bevor du erfroren wärst. Ich finde, das ist Grund genug anzustoßen. Zwei Gläser von dem Zeug und du bist wiederhergestellt.
- Ich liege nackt in einer Badewanne.
- Ich habe absolut kein Problem mit schönen, nackten Männern. Ich bin schwul, was die Sache noch unkomplizierter macht. Also lass uns die Gläser heben und darauf trinken, dass du es bis zu uns geschafft hast. Wir sind quasi deine Retter, die Klicks gehen bereits durch die Decke.
- Welche Klicks?
- Da sind jetzt ein paar krasse Fotos von dir online. Halb toter, gut aussehender Mann schleppt sich mit letzter Kraft durch den Schnee und strandet in unserer bescheidenen Unterkunft.

- Ihr habt Fotos von mir gemacht?
- Klar, so was passiert ja nicht alle Tage. Wir haben uns hier zurückgezogen, um ein wenig zu feiern, und dann klopft ein Fremder an die Tür. Allen ist es ein Rätsel, was du bei diesem Sauwetter da draußen gemacht hast.
- Ihr habt Bilder von mir gepostet?
- Na, was denn sonst? So etwas muss man teilen, wir sind quasi Helden jetzt.
- Wie bin ich hierhergekommen? Ich bin immer noch ziemlich durch den Wind.
- Ich habe das Gefühl, du erholst dich erstaunlich schnell. Vor zwei Stunden warst du noch ein Häufchen Elend, man hat sich kaum vorstellen können, dass man sich jemals wieder mit dir unterhalten kann. War ein krasser Anblick. Aber du hast mir mit deiner Ankunft ein Riesengeschenk gemacht.
- Wie das denn?
- Ich war glücklicherweise der Erste an der Tür. Hatte schon lange kein Bild mehr, das so oft geteilt wurde.
- Damit ich das richtig verstehe, du rettest mir das Leben und stellst das sofort online?
- Was ist das für eine Frage? Du lebst wohl hinterm Mond. Jeder stellt alles online, so funktioniert unsere Welt mittlerweile nun mal, mein Freund. Und wir leben davon.
- Ihr lebt davon, Bilder von mir ins Netz zu stellen? Völlig lädiert und am Ende? Was ist los mit euch?
- Du solltest lieber fragen, wer einen völlig Fremden bei sich aufnimmt, ihn versorgt und ihm ein Zimmer zur Verfügung stellt, voll mit Markenklamotten und Schuhen, dem

heißesten Scheiß, den es momentan gibt. Kannst dir alles nehmen, was du möchtest. Natürlich erst, wenn du fertig gebadet und dich für unsere Gastfreundschaft bedankt hast.
- Da hast du wohl recht. Ohne eure Hilfe wäre ich jetzt wahrscheinlich tot. Ich bin euch wirklich sehr, sehr dankbar.
- Kein Ding. Obwohl wir im ersten Moment gedacht haben, du wärst ein Stalker. Oder ein Einbrecher, der sich eine ganz besondere Masche ausgedacht hat. Die Mädels wollten dich zuerst nicht ins Haus lassen. Aber am Ende konnte ich sie überzeugen. Du schuldest mir also was, Süßer.
- Wie viel seid ihr?
- Fünf. Drei Jungs und zwei Mädels.
- Und was macht ihr hier oben?
- Arbeiten.
- Und was arbeitet ihr, wenn ich fragen darf?
- Da kommst du bestimmt gleich selbst drauf. Aber wie wär's, wenn wir erst mal einander ordentlich vorstellen. Könntest ja mal nach meinem Namen fragen.
- Okay. Wie heißt du?
- BadyBoy.
- Wie?
- Bad Boy mit Y, ich bin der böse Junge. Zwei Komma fünf Millionen Follower. Bin aber lange nicht der Erfolgreichste hier. LauraMeandri hat sieben Millionen, YogaBine knapp drei, unser Rapper007 vier und der DorfProlet knapp über zwei Millionen.
- Was sind das für seltsame Namen?
- Das frage ich mich auch manchmal, aber am Ende funktioniert es.

- Instagram?
- Bravo. Mein schlauer Schatz kommt langsam in die Gänge. Hauptsächlich Insta, LauraMeandri ist auch auf YouTube, und der DorfProlet macht noch TikTok. Ist eine ziemlich krasse Veranstaltung hier, zusammen haben wir rund zwanzig Millionen Follower. Und wenn wir von diesem Berg wieder runterfahren, werden es noch ein paar mehr sein.
- Ihr seid Freunde?
- Würde ich so nicht sagen.
- Wie würdest du es denn sagen?
- Wir helfen uns gegenseitig.
- Bedeutet was?
- Reichweite.
- Das musst du mir erklären. Ich kenne mich mit Social Media nicht so gut aus.
- Du bist noch Generation Facebook, richtig? Oder womöglich sogar Twitter?
- Weder noch.
- Na bravo. Scheinst mir ja ein lustiges Bürschchen zu sein. Vielleicht willst du mir aber auch gleich sagen, wie du heißt. Dann hätten wir den Anfang geschafft.
- Bronski.
- Und wie noch?
- Nur Bronski.
- Und was machst du beruflich?
- Ich bin Fotograf.
- Nicht dein Ernst, oder? Wir haben uns einen Fotografen geangelt, ich halt's nicht aus, muss wohl Schicksal sein.

Vielleicht kannst du ja ein paar schöne Bilder von uns machen, bevor du wieder abhaust.
- Schaut nicht gut aus. Das mit dem Abhauen, meine ich. Laut Wetterbericht wird es noch Tage weiterschneien. Außerdem sind mehrere Lawinen abgegangen. Im Moment kommt da niemand runter ins Tal oder rauf.
- Was für ein verdammtes Desaster. Dieser verfickte Winter kann mir gestohlen bleiben. Ich hatte den anderen ja vorgeschlagen, irgendwo in die Wärme zu fliegen, aber nein, sie wollten unbedingt hier rauf.
- Um was zu tun? Worum geht es hier eigentlich?
- Influencer-Gipfeltreffen am Ende der Welt. Was wir hier machen, hat es so noch nie gegeben, unsere Werbepartner sind ziemlich entzückt. Wenn es nach denen geht, könnten wir einen Monat hierbleiben und da draußen im Schnee ihre Produkte promoten.
- Was genau promotet ihr?
- Klamotten, Schuhe, Uhren, Kosmetikartikel, Champagner, Gin. Jeder von uns macht Werbung für bestimmte Marken.
- Und davon kann man leben?
- Kann man. Und damit wir das alle noch ein bisschen besser können, sind wir hier. Die Besten der Besten gemeinsam an einem Ort vereint. Indem wir uns gegenseitig ins Bild bringen und uns verlinken, vergrößert jeder seine Reichweite. Deine Fans werden zu meinen Fans und umgekehrt.
- Ich habe keine Fans.
- Kann ich mir gar nicht vorstellen. Siehst doch ganz gut aus. Da würden sich bestimmt einige in die Reihe stellen, um von dir mal ordentlich in den Arm genommen zu werden.

– Ist nicht nötig, dass du mir schmeichelst. Sobald ich wieder ins Tal kann, bin ich weg.
– Womit wir bei der Frage aller Fragen angekommen wären.
– Und die wäre?
– Was zur Hölle machst du alleine da draußen im Sturm? Bist doch schon länger hier oben am Berg, oder? Musst ja irgendwo geschlafen haben letzte Nacht.
– Meine Hütte ist abgebrannt, nicht weit von hier, ein kleines Blockhaus. Ich wollte Urlaub machen, aber dann ist alles anders gekommen.
– Was ist passiert?
– Ich weiß es nicht. Als ich aufgewacht bin, stand alles in Flammen.
– Um Himmels willen, das ist ja schrecklich. Gut, dass dir nichts passiert ist.
– Wenn es möglich ist, würde ich hierbleiben, bis die hier raufkommen.
– Wer kommt hier rauf?
– Feuerwehr, Bergrettung. Vielleicht die Polizei.
– Polizei?
– Es könnte sein, dass das Feuer in meiner Hütte gelegt wurde. Dass jemand dafür sorgen wollte, dass ich da nicht lebend rauskomme.
– Du meinst, jemand wollte dich umbringen? Hier oben? Das kann nur ein Witz sein. Ist doch kein Scheißhorrorfilm, in dem wir hier mitspielen.
– Vielleicht ja doch.
– Willst du mir Angst machen?

- Tatsache ist, dass jemand ganz hier in der Nähe gestorben ist. Eine junge Frau.
- Du verarschst mich, oder?
- Ihr wurde der Schädel eingeschlagen.
- Nicht dein Ernst.
- Leider doch.
- Wer ist die Frau?
- Das frage ich dich. Wird hier jemand vermisst? Jung, blond, Mitte zwanzig, sehr markantes Gesicht.
- Wie kommst du darauf?
- Na ja, ich bin mir ziemlich sicher, dass ich sie vorher schon mal irgendwo gesehen habe.
- Vorher? Was zur Hölle willst du mir damit sagen?
- Da lag ein totes Mädchen im Schnee. Gestern Vormittag, nicht weit von hier.
- Du machst mir Angst, Mann. Hör auf mit dem Scheiß.
- Jemand hat ihren Kopf mehrmals auf einen Stein geschlagen. Ich habe ihre Leiche gefunden, bevor meine Hütte abgebrannt ist. Fällt dir dazu etwas ein?
- Ich denke, es ist besser, wenn du dich jetzt anziehst und mit runterkommst.
- Warum?
- Weil die anderen das auch hören sollten.

DREIZEHN

Langsam kommt wieder Leben in mich.
Das heiße Wasser, der Champagner. Auch wenn ich es vor ein paar Stunden niemals für möglich gehalten hätte, ich bin wieder auf dem Damm. BadyBoy hat mich wiederhergestellt.
Ein selbstbewusster junger Mann Anfang zwanzig hat mich wieder auf Spur gebracht. Und mich daran erinnert, was ich hier will.
Herausfinden, was passiert ist.
Der kurze Moment, in dem es mir gutgeht, hilft mir dabei, alles zu verdrängen, was mir Angst macht. Ich rede mir ein, dass alles nicht so schlimm gewesen ist.
Mach einfach deinen Job, Bronski.
Anstatt meine Wunden zu lecken, mich auszuruhen und zu verarbeiten, was gerade passiert ist, stürze ich mich direkt in eine neue Welt. Social Media, Klicks und Likes.
Ich befinde mich unter jungen Menschen, die Geld damit verdienen, Fotos und Videos von sich zu machen und online zu stellen. Von einem Moment zum anderen finde ich mich im

Kreis von Freaks wieder, die ein Geschäftsmodell für sich entdeckt haben, das sie reich macht.

Mein Jagdinstinkt ist wieder geweckt. Ich will wissen, was vor sich geht, was das Ganze hier soll. Ob vielleicht eines von den Kids hier verantwortlich dafür ist, dass dieses Mädchen tot im Schnee gelegen hat? Irgendjemand hat die Leiche weggebracht. Einer von ihnen ist ein Mörder. Anders kann es kaum sein.

Die Tote muss eine von ihnen gewesen sein.

Deshalb ist sie Judith so bekannt vorgekommen.

Eine Influencerin.

Ein Berufsbild, von dem ich so gut wie nichts weiß.

Reichweite, Fans, Promotion. BadyBoy hat schon einiges angedeutet.

Um wie viel Geld geht es da? Wie wird man in diesem Business erfolgreich? Wie hebt man sich von den anderen ab? Was steckt hinter dieser Idee, sich gemeinsam auf eine einsame Berghütte zurückzuziehen?

BadyBoy war erst gut gelaunt und offen, aber dann hat er zugemacht. Als ich von der Leiche zu sprechen begann, ist er unruhig geworden.

Er hat mich gebeten, ihm zu folgen.

Die Treppen nach unten.

Ich gehe ihm nach. Sehe den Glitzer in seinen Haaren, das goldene T-Shirt und diese lächerlichen bunten Hosen, in denen ich ebenfalls stecke. BadyBoy hat mir neben der Badewanne ein paar trockene Sachen zurechtgelegt. Einen Pullover von Gucci und Sneakers, die wahrscheinlich so viel kosten, dass ein normaler Mensch sie sich niemals leisten könnte.

Im peinlichsten Outfit, das ich jemals getragen habe, betrete ich den imposanten Wohnraum. Wie im Rest dieses wunderschönen Hauses strahlt hier alles, jedes Detail stimmt. Nicht nur das Zimmer, in dem ich untergebracht bin, lässt einen mit offenem Mund staunen, sondern auch alles andere. Luxus, wohin man sieht.

Schöne Stoffe, Böden, Möbel. Alles mutet großzügig an. Es wurde an keiner Stelle gespart. Der Schweizer Investor, von dem der Einsatzleiter gesprochen hat, muss Unsummen ausgegeben haben, um dieses Projekt auf zweitausend Meter Höhe zu realisieren.

Es ist ein Ort, an dem sich reiche Menschen einquartieren.

Drei Jungs und zwei Mädchen.

BadyBoy stellt mich vor.

Ich nicke den anderen zu.

Setze mich auf den Platz, der mir zugewiesen wurde.

BadyBoy bringt mir erneut Champagner. Ein paar belegte Brötchen.

Die Stimmung ist ausgelassen. Die jungen Leute feiern. Sie unterhalten sich, tanzen, fotografieren sich selbst und die anderen. Es scheint so, als würden sie sich bemühen, mir zu zeigen, dass alles so ist wie immer. Gleichzeitig lassen sie mich spüren, dass ich nicht dazugehöre, dass niemand hier Wert auf meine Gesellschaft legt. Mit Beharrlichkeit ignorieren sie mich.

Erst als BadyBoy beginnt, den anderen Dinge ins Ohr zu flüstern, schenken sie mir Beachtung.

Jemand macht die Musik aus.

Und es wird still im Raum.

Unruhe macht sich breit.

Auch wenn sie versuchen, es sich nicht anmerken zu lassen, sie sind nervös. Fläzen sich auf die schicken Sofas und scheinen zu ahnen, dass das Vergnügen, das sie sich teuer erkauft haben, bald zu enden droht.

Deshalb spielen sie erst mal weiter, bringen sich in Pose und inszenieren sich. Selbstherrlich und arrogant wollen sie dem Eindringling zeigen, dass er nicht in ihrer Liga spielt und sich in Dinge einmischt, die ihn nichts angehen.

Der mit Anabolika vollgepumpte Kerl, der, wenn ich mich richtig erinnere, BadyBoy dabei geholfen hat, mich in die Badewanne zu verfrachten, ist der Erste, der spricht. BadyBoy stellt ihn mit übertrieben ausladenden Gesten als den Dorf-Proleten vor. Erwähnt noch einmal, dass er gut zwei Millionen Follower hat.

Eigentlich wollten wir hier unter uns sein.

BadyBoy hat mir gesagt, dass du wirres Zeug redest.

Wir können dir helfen, aber du musst damit aufhören.

Ich sitze einfach da und versuche zu lächeln.

Bevor ich ihnen das Foto mit der Leiche auf meinem Handy zeige, möchte ich, dass alle kurz zu Wort kommen, dass BadyBoy weiter den Boxpromoter mimt und seine erfolgreichen Mitstreiter ankündigt. Er nimmt der Situation damit die Schwere, sorgt mit seiner schelmisch-verschmitzten Art dafür, dass alle gut gelaunt bleiben. Vor allem die durchtrainierte Frau mir schräg gegenüber.

YogaBine.

Drei Millionen Follower.

Sie ist es, die am aggressivsten wirkt.

Sportlich, Kurzhaarfrisur, grüne Augen.
Sie fixiert mich, als ob sie sich ein Bild von mir machen will.
Wahrscheinlich überlegt sie, ob sie mich als Gegenüber ernst nehmen soll, ob das, was ich gleich sagen werde, Einfluss auf ihr Leben haben wird. Es wirkt so, als würde sie abwägen.
Freundlich bleiben oder angreifen?
Sie entscheidet sich für Zweiteres.
Keine Ahnung, was du hier willst.
Tatsache ist, dass du störst.
YogaBine attackiert mich.
Mit einem Lächeln zwar, aber offensiv.
Bevor sie weiterreden kann, geht BadyBoy dazwischen. Er kündigt den nächsten Social-Media-Star an, schmettert einen weiteren infantilen Namen durch den Raum.
Rapper007.
Vier Millionen Follower.
Er ist Mitte zwanzig, trägt Smoking, eine Uhr, die ein Vermögen gekostet haben muss. Seine Haare sind mit Pomade vollgeschmiert, er wirkt, als wäre er einem James-Bond-Film entsprungen.
Ich muss schmunzeln.
YogaBine hat recht, sagt Rapper007.
Du stiehlst unsere Zeit.
Reicht doch, dass wir dich gerettet haben, oder?
Er zieht seine Augenbrauen nach oben und gibt mir das Gefühl, meilenweit davon entfernt zu sein, dazuzugehören.
Was willst du hier, alter Mann?
Du nervst.

Er schaut besorgt aus.

Wenn ich mich nicht täusche, ist er derjenige von den fünfen, der am nervösesten ist. Er brennt darauf, zu erfahren, was ich zu sagen habe.

Doch BadyBoy zögert den Moment noch ein wenig länger hinaus. Er stellt mir die einzige Person im Raum vor, die einen normalen Namen trägt.

We proudly present the one and only LauraMeandri.
Die Erfolgreichste unter den Erfolgreichen hier.
Sieben Millionen Follower.

Eine elegante Erscheinung, professionelles Auftreten, sie scheint nichts dem Zufall zu überlassen. Alles hier dient einem Zweck. An ihr sieht man am besten, dass diese Leute nur auf den Berg heraufgekommen sind, um Geld zu verdienen und ihre eigene Marke zu stärken.

LauraMeandri steht auf, tänzelt leichtfüßig auf mich zu und zeigt mir, dass sie die Situation völlig unter Kontrolle hat. Sie kennt ihren Wert, strahlt Selbstsicherheit aus, gibt mir das Gefühl, dass nichts, was ich gleich offenbaren werde, ihre Welt aus dem Gleichgewicht bringen kann. Sie ist neugierig, bleibt aber vorsichtig.

LauraMeandri umkreist mich.

Schön, dass es dir so schnell wieder bessergeht, sagt sie.
Dann sind wir mal gespannt, was du uns zu sagen hast.

Sie zwinkert mir zu und setzt sich neben mich.

Alle Augen sind auf mich gerichtet. Jedes Wort saugen sie in sich auf. Die Stimmung ist angespannt, was ich sage, macht ihnen Angst. Ich sehe, wie meine Worte sie treffen. Meine Sätze alles verändern.

Gestern Vormittag habe ich eine Leiche gefunden. Eine junge Frau. Ihr Schädel war eingeschlagen.
Ich wollte Hilfe holen und bin zu meiner Hütte gerannt.
Als ich zurückkam, war die Frau verschwunden.
Ich lasse nichts aus, beschreibe auch das Feuer, in dem ich beinahe umgekommen wäre. Und am Ende sage ich, dass ich Fotos für die Zeitung gemacht habe. Fotos von der Leiche.
Aber leider sind alle Bilder verbrannt.
Alle bis auf eines.
Ich nehme mein Handy und hebe es hoch.
Zeige es ihnen. Schaue in ihre Gesichter.
Ich sehe, wie ihre Arroganz ganz plötzlich verschwindet und sich Betroffenheit breitmacht. Aufgeregt reißen sie mir das Telefon aus der Hand, reichen es herum. Fassungslos starren sie auf das Foto, zoomen mit ihren Fingern ganz nah an das Gesicht der Toten. Sie blicken auf die Wunde, das Blut im Schnee, sie begreifen.
YogaBine und LauraMeandri halten sich ihre Hand vor den Mund.
Aber nicht nur die beiden Frauen sind schockiert. Keinem ist gleichgültig, das Mädchen tot zu sehen.
RosaLex, stammelt der DorfProlet.
LauraMeandri nickt. Signalisiert den anderen, dass sie offen mit der Situation umgehen können. Sie ergreift selbst das Wort.
Sie ist gestern früh von hier aufgebrochen, sagt sie.
RosaLex wollte hinunter ins Tal, bevor der große Schnee kommt.
Sie hielt es keine Stunde länger hier aus.
Während die anderen immer noch das Handy mit dem

Foto hin und her reichen und sich gegenseitig ihr Entsetzen spiegeln, erklärt mir Meandri mit betroffener Mine, dass RosaLex an Platzangst litt. Die Vorstellung, auf dieser Berghütte im Sturm eingesperrt zu sein, sei für sie unerträglich gewesen.

Deshalb sei sie gegangen.

Zu Fuß?, frage ich.

YogaBine übernimmt mit brüchiger Stimme.

RosaLex hat ihren Koffer gepackt und ist gegangen.

Sie sagte, dass irgendjemand sie abholt.

Verflucht, wie kann das sein?

Sie beginnt zu weinen. Lässt sich vom DorfProleten in den Arm nehmen.

Alle schweigen.

Teilen den Moment.

Plötzlich sind da fünf trauernde junge Menschen. Was ich ihnen mitgeteilt habe, hat sie alle mit Wucht getroffen. Die Nachricht vom Mord an ihrer Kollegin und die Möglichkeit, dass einer von ihnen etwas mit ihrem Tod zu tun haben könnte. Sie verstehen es nicht, brauchen Zeit, es zu begreifen. Dann beginnen sie, durcheinanderzureden. Fragen sich, wer so etwas tun könnte.

Wieder ein Moment der Stille.

Nun kann auch Meandri ihre Tränen nicht mehr zurückhalten.

Für ein paar Minuten vergessen die Influencer sogar, Fotos zu machen und zu posten. Die Todesnachricht bannt sie, die Frage nach dem Warum, nach dem Wie und Wer. Verzweifelt suchen sie nach einem Ausweg, wenden sich wieder an mich,

löchern mich mit Fragen. Sie wollen das Böse von sich schieben, eine Erklärung für das Unmögliche finden.
Es kann nicht anders sein, sagt Rapper007.
Es muss jemand von außen gewesen sein.
Keiner von uns wäre zu so etwas in der Lage.
Er schaut mich an.
Wer sagt uns, dass nicht er es war?
Er hat Fotos von der Leiche gemacht.
Kommt hier an und erzählt uns Märchen, beschuldigt uns.
Die anderen überlegen. Nicken.
Sie können die Vorstellung nicht ertragen, dass einer von ihnen für den Tod von RosaLex verantwortlich sein könnte. Wortlos beschließen sie, den Schuldigen nicht in ihren Reihen zu suchen. Sie möchten das Problem so schnell wie möglich aus dem Weg räumen. Und der einfachste Weg, das zu erreichen, ist es, mich ans Kreuz zu nageln.
Doch es gelingt ihnen nicht. Zu selbstverliebt sind sie. Zu besessen davon, jede Möglichkeit zu nutzen, sich ins Rampenlicht zu stellen. Mit Leichtigkeit schaffe ich es, sie abzulenken. Ich werfe ihnen einen Knochen hin, an dem sie sich festbeißen. Sie lassen von mir ab und hören mir zu. Was mir spontan in den Sinn kommt, nimmt ihnen den Wind aus den Segeln. Was ich ihnen vorschlage, stößt sofort auf Interesse.
Agatha Christie.
Ich erzähle von ihren Büchern, die ich als Jugendlicher geliebt habe. Hercule Poirot, der auf einer einsamen Insel, in einem fahrenden Zug oder an einem anderen abgeschiedenen Ort Verbrechen aufklärt. Verdächtige, die nicht entkommen können. Verhöre, die geführt werden.

Ohne mit Svenja oder meiner Chefredakteurin zu reden, biete ich ihnen eine Kooperation an. Ich überlege mir innerhalb von Minuten ein Konzept, das allen Beteiligten nützt.
Fünf Tatverdächtige und ich.
Allein, bis die Polizei kommt.
Bis es aufhört zu schneien.
Ich werde Gespräche aufzeichnen.
Sie alle zu Wort kommen lassen.
Wir sind hier eingesperrt, sage ich.
Wir sollten die Zeit nutzen.
Und herausfinden, was passiert ist.
Gemeinsam nach dem Mörder suchen.
Live im Netz.

VIERZEHN

REGINA MASEN & DAVID BRONSKI

- True Crime? Eine ziemlich verrückte Geschichte, die du uns da servierst, Bronski.
- Ich weiß.
- Eine Interviewserie mit fünf prominenten Mordverdächtigen ist reichlich gewagt. Aber auch ziemlich gut.
- Eigentlich wollte ich ja Urlaub machen.
- Wenn du das hier hinter dir hast, kannst du von mir aus zwei Monate lang die Beine hochlegen. Aber jetzt musst du abliefern, mein Lieber.
- Vielleicht sollten wir vorher noch kurz übers Finanzielle reden. So etwas hatten wir noch nie im Blatt. Niemand hatte das. Durch die Synergien mit Social Media könnte das ziemlich durch die Decke gehen. Außerdem versorge ich euch nicht nur mit Fotos, sondern führe auch die Gespräche. Das sollte dir etwas wert sein.
- Bitte nicht immer das gleiche Lied, Bronski. Du bist noch nie schlecht davongekommen, oder? Deine Chefredakteurin schaut auf dich. Du wirst dich am Ende sicher nicht beschweren, das verspreche ich dir.

- Du hast die Fotos von dem Feuer gesehen, die ich euch geschickt habe, oder?
- Die Brandbilder und auch das von der Leiche sind vor zehn Minuten online gegangen. Svenja hat sich ziemlich ins Zeug gelegt, deine Berichte zusammengefasst und mit allen möglichen Leuten telefoniert. Alles, was du ihr erzählt hast, kann man ab sofort bei uns nachlesen. *Unser Mann live am Ort eines Verbrechens. Dort, wo sonst keiner hinkommt. Bronski in direktem Austausch mit den absoluten Internetstars im deutschsprachigen Raum.* Auch ohne Mord wäre das schon eine ordentliche Story.
- Der Brand. Ich habe wirklich gedacht, das war's für mich, Regina. Irgendjemand wollte mich umbringen.
- Das können wir noch nicht mit Gewissheit sagen, Bronski. Trotzdem haben wir das Feuer in unserer Story mit dem Fund der Leiche in Verbindung gebracht. Wir werden sehen, was am Ende dabei herauskommt. Wichtig ist jetzt auf alle Fälle, dass du auf dich aufpasst, Bronski. Du gehst kein Risiko mehr ein, verstehst du? Wir sind alle verdammt froh, dass dir nichts Schlimmes passiert ist, und dabei soll es auch bleiben. Solltest du also das Gefühl haben, in Gefahr zu sein, brichst du sofort ab. Du kennst mich, Bronski. Ich würde alles für eine gute Story opfern, aber dass dir etwas zustößt, geht selbst mir zu weit.
- Ich bin noch immer ziemlich durch den Wind, Regina. Aber es tut mir gut, mich mit Arbeit abzulenken. Kann sein, dass ich sonst durchdrehe hier oben.
- Nicht durchdrehen, Bronski. Lass uns arbeiten, das hilft. Svenja hat alles über die Tote ausgegraben, was sie finden

konnte. Sie war ein Topstar auf Social Media. Hat einen geschätzten Jahresumsatz von über einer Million Euro gemacht. Ihr Tod und ihr Verschwinden lösen gerade ein Erdbeben im Netz aus, das geht ordentlich ab auf unserer Instagram-Seite. Natürlich dank dir. Mit ihrem Foto hast du dich wieder mal selbst übertroffen.

– Wenn ich ein bisschen früher gekommen wäre, würde sie vielleicht noch leben. Möglicherweise hätte ich ihr helfen können. Ich muss den Mörder wirklich nur knapp verpasst haben. Er war vermutlich noch in der Nähe, als ich das Bild gemacht habe.

– Du kannst nichts für ihren Tod, die Leute haben sich freiwillig da oben auf dem Berg getroffen, das hat nichts mit dir zu tun. Sei einfach froh, dass du überlebt hast, und hör auf, dir Vorwürfe zu machen.

– Seid ihr in Kontakt mit den Bullen?

– Natürlich. Der Lover deiner Schwester ist der Verantwortliche vor Ort. Genialer könnte es nicht laufen. Wir erfahren praktisch alles aus erster Hand. Svenja ist mit Anna in Kontakt, bei der ersten Möglichkeit, die sich auftut, machen die sich auf den Weg zu dir. Wird aber noch dauern. Zum Glück, würde ich sagen. Solange wir das exklusiv spielen können, sind wir dem Täter so nah wie niemand sonst. Wir erzählen der ganzen Welt, was da oben vor sich geht.

– Das Schöne ist, dass die Kids das selbst in die Hand nehmen. Die Idee mit den Einzelinterviews hat ihnen gefallen. Wenn wir jedem von ihnen eine Bühne geben, werden sie alles tun, um dich glücklich zu machen.

- Für jeden von ihnen ist ausreichend Platz reserviert. Alle bekommen ihr Porträt, wie von dir vorgeschlagen. Online können wir rausballern, was wir wollen. Je mehr Material wir von dir bekommen, desto besser. War eine absolut geniale Idee, das live in diesem Format zu spielen. Unsere Onlinezugriffe werden durch die Decke gehen. Je mehr die da oben posten, desto besser.
- Die machen hier nichts anderes.
- Sie haben alle eingewilligt?
- Haben sie.
- Wollen sie die Porträts noch einmal sehen zur Freigabe, bevor wir erscheinen?
- Das konnte ich ihnen Gott sei Dank ausreden.
- Hast du das auch schriftlich?
- Natürlich. Wir promoten sie, dafür garantieren sie, dass sie nur mit uns reden. Und auf ihren Portalen pushen sie die Story selbst auch noch mal. Das Foto von RosaLex haben sie bereits online gestellt. Sie haben es von meinem Handy abfotografiert, das konnte ich leider nicht verhindern.
- Ist schon in Ordnung. Wir haben das Bild jetzt ohnehin im Netz. Je öfter es irgendwo auftaucht, desto besser. Also sorg dafür, dass sie mit dem Posten nicht aufhören.
- Ich muss hier niemanden motivieren, glaub mir. Wenn du auf die jeweiligen Profile schaust, siehst du quasi, was ich sehe.
- Haben wir alles im Auge, Bronski. Wir haben hier fünf Leute abgestellt, die Storys und Posts mitzuverfolgen. Man hat mir eben ein Foto auf den Schreibtisch gelegt, das zeigt, wie du Champagner trinkst und das Handy mit dem Foto

der Toten hochhältst. Das ist vielleicht der Start deiner Online-Karriere.
- Ein Traum wird wahr. Ich habe mein beschissenes Leben lang darauf gewartet, mit ein paar degenerierten Kids Champagner zu trinken und dafür Likes zu bekommen.
- Vergiss nicht, auch selbst Bilder zu machen. Ich will sehen, was sonst niemand sieht, Fotos von den Influencern in allen Lebenslagen. Wer weiß, wofür wir das Material noch gebrauchen können. Wenn du recht hast und einer von denen der Mörder ist, wird uns die Geschichte noch weit über die Gerichtsverhandlung hinaus begleiten.
- Du bekommst deine Bilder. Zwar nur Handyfotos, aber in guter Auflösung.
- Was machen sie gerade?
- Sitzen unten und trinken.
- Und du?
- Bin in meinem Zimmer.
- Bitte sperr die Tür ab und gib acht, dass dich niemand umlegt in der Nacht.
- Habt ihr beim Wetterdienst angerufen? Was sagen die, wie lange das noch dauern wird? Kann ja nicht ewig so weiterschneien.
- Leider doch. Es ist kein Ende in Sicht.
- Zumindest verhungern werden wir hier nicht, mit Lebensmitteln scheinen die gut versorgt zu sein. Bleibt also nur noch, herauszufinden, wer hier falschspielt.
- Wem von den fünfen traust du es zu?
- Keine Ahnung, ich muss zuerst mit allen reden. Aber auf den ersten Blick tippe ich auf einen der Männer. Die Frauen

sind körperlich kaum in der Lage, das zu stemmen. Wobei diese YogaBine einen ziemlich fitten Eindruck macht.
- Weit müssen sie die Leiche ja nicht fortgeschafft haben. Ist auch für eine Frau machbar, jemanden zu erschlagen und im Schnee irgendwohin zu schleifen.
- Und wie sollen sie den Weg zu meiner Hütte geschafft haben, hin und zurück? Selbst ich habe es kaum geschafft.
- Vielleicht gibt es da oben ja irgendein Fahrzeug?
- Ich schau mir das morgen an.
- Kann es sein, dass sie es gemeinsam getan haben?
- Ich werde es herausfinden, Regina.

FÜNFZEHN

Ich kann nicht schlafen.

Lange schon liege ich wach. Immer noch ist da dieses Gefühl in mir, die Ohnmacht, die Verzweiflung. Ich drücke sie zwar tief nach unten, doch sie bleibt. Die Angst vor der Panik, die mich wach hält.

Dass ich beinahe gestorben wäre, drängt sich wie Gift in meine Gedanken. Ich fürchte mich davor, die Augen zu schließen und wieder im Feuer aufzuwachen.

Ich hadere mit mir. Denke an den Schnee, in dem ich beinahe umgekommen wäre. An Mona. An Judith, auf die ich aufpassen sollte. Ich frage mich, ob ich nicht doch verschwinden sollte. So schnell wie möglich hinunter ins Tal. Ich sollte der Polizei die Arbeit überlassen. Mich in Sicherheit bringen. Doch ich mache genau das Gegenteil. Ich niste mich dort ein, wo das Übel vermutlich seinen Ausgang genommen hat. Bin der Gefahr wesentlich näher, als ich es jemals gewollt habe. Ich habe keine Kraft mehr, nicht den Mut, mich nach draußen zu begeben. Nicht die Ruhe, mich in meinem Zimmer einzusperren, bis der Schnee nachlässt.

Ich kann nicht fliehen.
Ich werde bleiben.
Und arbeiten.
Weil es das Einzige ist, was ich kann.
Regina und Svenja sind hingerissen. Ich habe mit meiner Idee ins Schwarze getroffen. Was ich den Influencern aus einem Bauchgefühl heraus vorgeschlagen habe, wurde in der Redaktion mit Begeisterung aufgenommen. Sobald es hell wird und sie wach sind, werde ich beginnen, Interviews zu führen. Jeder von diesen selbst ernannten Internetstars soll porträtiert werden. Wir werden ihre Geschichte erzählen, herausfinden, wie es so weit kommen konnte, dass eine oder einer von ihnen zum potenziellen Gewalttäter wurde. Ich werde sie verhören. Detektiv spielen, anstatt mich rauszuhalten.
Ich will wissen, wer von diesen Kids mich tot sehen will.
Ich lausche und warte darauf, bis die Geräusche und Stimmen, die aus dem Wohnzimmer unten in den ersten Stock dringen, verhallen. Das aufgeregte Durcheinander löst sich langsam auf. Keine Fotos und Videos mehr an diesem Abend. Für heute hören die Influencer damit auf, lautstark in die Welt hinauszuposaunen, was passiert ist, das Unglück rund um RosaLex mit denen zu teilen, die ihnen im Internet folgen.
Jeder, der will, kann es sehen.
Die Leiche im Schnee.
Und den Mann, der sie gefunden hat.
David Bronski. Der Pressefotograf, der sich erschöpft bis vor ihre Türe geschleppt und ihre glänzende Welt auf einen Schlag durcheinandergebracht hat. Ich bin der Eindringling, der ihnen die Hiobsbotschaft gebracht, ihnen offenbart hat,

dass ihre Kollegin ermordet wurde. Ich habe sie alle ohne Umschweife des Mordes beschuldigt, ohne es beweisen zu können.

Nachdem sie den ersten Schreck verdaut haben, passen sie sich sofort den neuen Begebenheiten an. Dass ich die Aufmerksamkeit auf sie gelenkt habe, gefällt ihnen, der Deal, den ich mit ihnen eingegangen bin, ist allen von Nutzen. Wir haben beschlossen, uns alle gemeinsam auf die Suche nach dem Mörder zu machen.

Jeder beschuldigt jeden. Von Anfang an.

Auch wenn sie es noch nicht aussprechen.

Zwischen den Zeilen hört man es.

Im Haus herrscht eine unheimliche Stimmung.

Auch deshalb, weil ich selbst zu den Verdächtigen zähle.

Rapper007 hat die anderen davon überzeugen wollen, dass man mir nicht trauen kann, dass es doch das Naheliegendste sei, wenn ich den Mord begangen hätte. Ich sei der Einzige, der draußen unterwegs gewesen ist. Ich sei am Tatort gewesen, hätte die Bilder der Leiche gemacht, und das mit dem Brand könne ich mir auch ausgedacht haben.

Rapper007 hat sich auf mich eingeschossen. Für ihn bin ich ein Psychopath, der sich bei ihnen eingeschlichen hat.

Besser, ihr sperrt euch in euren Zimmern ein heute Nacht, hat er gesagt.

Mit dem Kerl stimmt etwas nicht.

Er hält Abstand von mir.

Rapper007.

Wie dämlich all diese Namen sind. Trotzdem bestehen die Influencer darauf, dass ich sie benutze, sie nur mit ihrem Profil-

namen anspreche. Je öfter, desto besser. Je mehr Staub jeder Einzelne von ihnen aufwirbelt, desto mehr ergibt alles Sinn. Rumor, Schockmomente und Betroffenheit, jeder von ihnen postet sein Entsetzen über die Tat, rührende Beileidsbekundungen, jeder beschreibt auf seine Weise die Situation, in die er geraten ist. Jeder berichtet seinen Followern, worauf er sich eingelassen hat. Alle verlinken sich untereinander, kündigen an, dass es eine große Serie in unserer Zeitung geben wird.
Etwas ist in Gang geraten, das ihnen wunderbar in die Karten spielt.
Und die Wahrheit ist, dass der Tod von RosaLex ihnen allen nützt. Sie alle profitieren von dem Ereignis. Die Tage am Berg sollten die Reichweite jedes Einzelnen erhöhen, dass sie nun aber die Chance bekommen, bei etwas Einzigartigem dabei zu sein, lässt sie jubeln.
BadyBoy, LauraMeandri, der DorfProlet, YogaBine.
Nur Rapper007 hat erneut Bedenken. Hat versucht, meinen Vorschlag zu torpedieren. Es gefällt ihm nicht, dass ich die Führung übernehme. Dass ich es bin, der vorgibt, was passiert. Es geht um Kontrolle. Rapper007 wollte den anderen ausreden, was ich ihnen schmackhaft gemacht habe. Er hat sogar vorgeschlagen, mich irgendwo im Haus abzusondern, anstatt mich Detektiv spielen zu lassen. Vehement hat er versucht, mich zu demontieren. Doch es ist ihm nicht gelungen. Die anderen vier haben sich nämlich bereits ausgemalt, was passieren wird, sie haben hochgerechnet, wie viele neue Follower sie gewinnen könnten. Sie haben keine Zeit verloren, haben die Idee ausformuliert, Schlagworte und Hashtags kreiert und begonnen zu posten.

Rapper007 hatte keine Wahl. Nach zwei weiteren Flaschen Champagner hat er sich von BadyBoy und YogaBine davon überzeugen lassen, dass es ein Glücksfall ist, dass gerade ich an ihre Türe geklopft habe.
Besser könnte es nicht laufen für uns, Leute.
In den nächsten Tagen werden wir hier Geschichte schreiben.
Nach dieser Nummer sitzen wir in jeder verdammten Talkshow.
Wie die Geier sind sie.
Schlimmer, als ich es jemals gewesen bin.
Auch ich habe mit dem Leid der anderen Geld verdient. Eine Situation aber so auszuschlachten wäre mir nie in den Sinn gekommen. Das Opfer so auszublenden.
Sie sind ohne Rührung, da ist kein Mitgefühl, RosaLex spielt keine Rolle im Leben dieser Menschen. Sie ist einfach verschwunden, hat sich entschieden, die Gruppe zu verlassen. Und jetzt ist sie tot.
RosaLex ist die Königin, die gestürzt wurde.
Svenja hat herausgefunden, dass sie die Erfolgreichste unter ihnen war, seit Jahren hat sie ein Millionenpublikum mit ihren Beautytipps glücklich gemacht. Sie hat erfolgreich für die Topfirmen in der Branche gearbeitet, bis zu fünfzigtausend Euro für einen Post bekommen. Mit insgesamt dreizehn Millionen Followern stehen fünf Millionen zwischen ihr und LauraMeandri. Die anderen vier sind zwar auch gut im Geschäft, konnten ihr aber nicht im Entferntesten das Wasser reichen. RosaLex war der Star unter ihnen.
Doch der Star ist tot.
Das Vorhaben, durch RosaLex' Beliebtheit das eigene Ansehen zu steigern, ist durch deren Verschwinden nur kurzfris-

tig gestört worden. Durch meinen Vorschlag hat sich für die anderen eine ganz neue Chance aufgetan, RosaLex' Prominenz doch noch für sich zu nutzen. Mit ein paar Hunderttausend Fans mehr im Gepäck werden sie wieder von diesem Berg hinunterfahren.
Bevor ich auf mein Zimmer gegangen bin, waren sich alle einig.
Am Ende wird Bronski noch unser Freund, hat LauraMeandri gesagt.
Die anderen haben gegrinst.
Aber doch Abstand von mir gehalten.
Sie haben mir eine Gute Nacht gewünscht und mich gehen lassen. Dass sie isoliert und auf zweitausend Metern eingesperrt sind, beunruhigt sie nicht weiter. Sie haben von einem Hubschrauber gesprochen, den sie chartern wollen, um sich am Ende der Geschichte ausfliegen zu lassen.
Völlig blauäugig. Keiner von ihnen rechnet damit, dass auch ihr eigenes Leben bedroht sein könnte. Alle gehen davon aus, dass es bei diesem einen Opfer bleiben wird. Insgeheim sind sie wohl überzeugt davon, dass niemand so verrückt sein kann, mehr oder weniger vor aller Augen und laufenden Kameras einen weiteren Mord zu begehen.
Sie blenden die Gefahr aus.
Und rasen mit Vollgas auf den Abgrund zu.
Genauso wie ich.

SECHZEHN

LAURAMEANDRI & DAVID BRONSKI

- Mit deiner Zeitung ist alles geklärt, Bronski?
- Ist es. Wie besprochen zeichne ich die Interviews auf, schicke die Dateien meiner Kollegin nach Berlin, und sie wird das alles wunderbar verpacken. Wir werden das online ganz groß spielen. Wenn es euch um die Reichweite geht, dann ist das eure Chance, ein noch viel größeres Publikum zu erreichen.
- Du wiederholst dich. Nutz lieber die Zeit und stell deine Fragen, ich habe keine Lust, ewig mit dir hier alleine rumzusitzen. Ich möchte so schnell wie möglich zurück zu den anderen.
- Warum plötzlich so feindselig? Hast du Angst?
- Wohl kaum. Soviel meine Recherchen ergeben haben, bist du nur ein harmloser, kleiner Pressefotograf, der zum richtigen Zeitpunkt am falschen Ort war.
- Ich meinte, Angst vor dem Mörder, nicht vor mir.
- Niemand hätte einen Grund, mich umzubringen.
- Gab es einen Grund, RosaLex umzubringen?
- Woher soll ich das wissen? Jeder hier kümmert sich um

seine eigenen Angelegenheiten. Wir sind hier, um zu arbeiten, mehr nicht.
- Du gibst dich sehr selbstbewusst. Ungewöhnlich für dein Alter.
- Mach nicht den Fehler, mich zu unterschätzen.
- Hast du RosaLex getötet?
- Ernsthaft? So willst du das Ganze hier aufklären, indem du einfach danach fragst? Denkst du wirklich, dass wir es dir sagen würden, wenn wir etwas damit zu tun hätten?
- Warum nicht? Selbstverliebt genug wärt ihr wohl alle. Für ein bisschen Aufmerksamkeit würdet ihr doch so gut wie alles tun, oder?
- Was ich würde und was nicht, das lass mal meine Sorge sein.
- Du profitierst auf alle Fälle von dieser Geschichte. Der Tod von RosaLex nutzt dir. Schaut so aus, als wärst du jetzt die Nummer eins.
- Du bist lustig, Bronski. Hast wirklich nicht die geringste Ahnung, wie dieses Business läuft. Wahrscheinlich denkst du, mir ist das alles einfach in den Schoß gefallen, oder?
- Ich habe mitbekommen, dass du bereits vor Social Media als Model unterwegs warst. Du hast bei dieser kaputten Castingsendung mitgemacht, richtig?
- Ich habe diese kaputte Castingsendung gewonnen. Für meinen Erfolg bin ich also ganz alleine verantwortlich, habe mir das alles selbst erarbeitet. Als ich vor zehn Jahren begonnen habe, hat man mich noch ausgelacht, niemand hat daran geglaubt, dass ich jemals einen Euro mit Insta verdiene. Heute rennen sie mir die Türen ein.

– Erklärst du es mir?
– Was?
– Unsere Leserinnen wollen wissen, wie das funktioniert. Der Weg zum Social-Media-Star, beschreib ihn mir.
– Ich habe ein Buch darüber geschrieben. *Als Influencerin zum Erfolg*. Hat sich bisher fünfzigtausendmal verkauft. Wenn du wissen willst, wie der Laden läuft, dann kauf es dir.
– Du machst das alles ganz alleine?
– Früher mal. Mittlerweile arbeiten sechs Leute für mich. Eine Fotografin, eine Kamerafrau, ein Cutter und drei Nerds, die hauptberuflich meine Kanäle betreuen. Das Ganze schaut zwar nicht nach wahnsinnig viel Arbeit aus, aber am Ende vergeht kein Tag, an dem ich nicht zwölf Stunden für mein Unternehmen alles gebe.
– Wie alt bist du?
– Nimmst du mich ernster, wenn ich dir sage, dass ich deine Tochter sein könnte?
– Ich wollte mir nur ein Bild machen.
– Was für eines? Fünf Leute treffen sich in einem Luxuschalet am Berg, feiern, bis der Arzt kommt, und ballern sinnlose Fotos ins Netz? Das ist es doch, was du denkst, oder?
– Was ich denke, ist nicht wichtig.
– Und das findest du fair? Ich spüre doch, dass du mich nicht ernst nimmst. Keine gute Ausgangsposition für das, was wir hier vorhaben.
– Mir gefällt, was du auf die Beine gestellt hast.
– Tut es das?
– Ich konnte heute Nacht nicht einschlafen und habe mich

ein wenig schlaugemacht. So wie es aussieht, gibt es nur eine Handvoll Leute in Deutschland, die in deiner Liga spielen. Respekt.
- Na, Gott sei Dank hast du es jetzt auch kapiert.
- Behandelst du die Menschen immer so schlecht?
- Nur die, die denken, ich sei arrogant.
- Bist du das nicht?
- Ich hoffe, deine Kollegin recherchiert ordentlich und schreibt etwas Vernünftiges über mich. Interviews zu führen scheint dir nicht wirklich zu liegen, als Fotograf machst du hoffentlich einen besseren Job.
- Vielleicht hast du recht. Ich denke, es ist klüger, hier abzubrechen. Das Ganze sein zu lassen.
- Was soll das denn jetzt?
- Ich bin mir nicht mehr sicher, ob es eine gute Idee war, mich hier einzumischen.
- Wir hatten doch einen Deal. Ein bisschen Gegenwind und du fällst um? Das kann nicht dein Ernst sein, oder?
- Am Ende wird das nicht gut ausgehen.
- Ich dachte, du wärst ein harter Hund, Bronski. Einer, auf den man sich verlassen kann. Nach dem, was du da draußen im Schnee erlebt hast, bin ich davon ausgegangen, dass es ratsam wäre, sich in der Not auf deine Seite zu schlagen.
- Vielleicht ist es doch besser, wenn wir das Ganze der Polizei überlassen.
- Ist es nicht. Irgendjemand hat RosaLex den Schädel eingeschlagen, und das gefällt mir nicht.
- Was möchtest du mir sagen?
- Ich möchte wissen, ob ich auf dich zählen kann.

- Du rechnest also damit, dass noch etwas passieren wird?
- Ich weiß nur, dass RosaLex tot ist. Und dass du behauptest, einer von uns hätte etwas mit ihrer Ermordung zu tun. Wenn wir also mal kurz aufhören, Theater zu spielen, muss man sagen, dass durchaus die Möglichkeit besteht, dass ich hier nicht mehr sicher bin. Und das ist gar nicht gut. Ich habe nämlich vor zu überleben. Wer auch immer hier dabei ist, Amok zu laufen, ich möchte sichergehen, dass ich nicht in die Schusslinie gerate, wenn es eskaliert.
- Du sorgst dich also doch?
- Mein Vater hat mir beigebracht, sich rechtzeitig für die richtige Seite zu entscheiden und vorbereitet zu sein. Deshalb ist es wichtig, dass du jetzt an Bord bleibst und dafür sorgst, dass uns nichts passiert.
- Uns?
- Mir.
- Du bittest mich also darum, auf dich aufzupassen?
- Ich bitte dich darum, deine Augen offen zu halten und denjenigen zu finden, der das getan hat, bevor er es wieder tut.
- Dann rede mit mir.
- Ich versuche es.
- Was kannst du mir über RosaLex sagen? Wer könnte ihr das angetan haben?
- Ich weiß es nicht. Wir haben uns vorgestern Nachmittag zum allerersten Mal live gesehen. Wir haben das alle gemeinsam geplant und uns auf eine schöne Zeit gefreut. Dass RosaLex nach der ersten Nacht wieder abhauen wollte, hat mich genauso überrascht wie die anderen. Ich fand es ziemlich asozial, dass sie sich einfach davongeschlichen hat.

– Ist etwas passiert an dem Abend? Hast du eine Idee, warum sie wegwollte?
– Sie wollte ins Tal, bevor der große Schnee kommt. Das hat sie zumindest gesagt. Wenn du mich fragst, war ihr das hier alles einfach zu eng, zu intim. Die große RosaLex war nämlich eine ziemliche Diva. Sie hat sich das wahrscheinlich alles anders vorgestellt. Ohne ihren Hofstaat war sie hilflos.
– Aber sie wusste doch, worauf sie sich einlässt, oder?
– Mag schon sein, aber die Theorie ist manchmal einfacher als die Praxis. Wir wollten, dass alles so ist wie damals, als wir angefangen haben. Nur wir, keine Mitarbeiter. Jeder schminkt, stylt und filmt sich selbst, völlig reduziert alles. Allein die Tatsache, dass wir gemeinsam hier sind, hätte gereicht, um alle Grenzen zu sprengen. Wie wir die Klamotten ins Bild bringen, ist nicht so wichtig. Hauptsache war und ist, dass wir unsere Kanäle bündeln, alles verlinken, was rausgeht. Jeder sieht alles. Dein Foto von RosaLex zum Beispiel. Ich bin mir sicher, dass du noch nie solche Zugriffszahlen auf ein Bild hattest, Millionen Menschen sehen sich das jetzt an.
– Sie hat es sich also anders überlegt und abgebrochen? Einfach so?
– Du hast sie nicht kennengelernt, Bronski. Ihre Arroganz hat unsere bei Weitem übertroffen. Man soll ja nicht schlecht über Tote reden, aber sie war ein Miststück, dachte wirklich, die ganze Welt dreht sich nur um sie. Dass niemand sie hier auf Händen getragen hat, wie sonst in ihrem Leben üblich, hat sie wohl nicht ausgehalten.
– Und dafür hat sie jemand umgebracht?

- So simpel ist das wohl nicht. Sie war zwar eine Bitch, aber deshalb schlägt man doch niemandem den Schädel ein.
- Wem von den anderen würdest du es zutrauen?
- Müsste ich einen Tipp abgeben, würde ich unseren Rapper007 oder den DorfProlet als mögliche Kandidaten nennen. BadyBoy bringt das körperlich nicht. Der weite Weg durch den Schnee, das Wegschaffen der Leiche, das geht sich ziemlich sicher nicht aus.
- Und was hältst du von der Theorie, dass ihr es gemeinsam wart? Zwei von euch oder drei? Ihr habt euch zusammengetan und eure Interessen gewahrt.
- Das ist ein interessanter Gedanke, aber völlig unrealistisch. Wie gesagt, wir sind Einzelkämpfer.
- Und trotzdem bittest du mich um Hilfe?
- Das ist etwas völlig anderes. Das betrifft nur meinen Exitplan. Sobald ich hier Angst um mein Leben haben muss, füttere ich dich mit weiteren pikanten Infos, und wir beide verschwinden von hier.
- Pikante Infos?
- Eine Hand wäscht die andere, Bronski.

SIEBZEHN

Svenjas Stimme tut gut.
Gleich nach dem Gespräch mit LauraMeandri telefonieren wir.
Svenja lässt mich vieles vergessen. Gibt mir das Gefühl, dass alles so ist wie immer.
Wir arbeiten zusammen, wie wir es gewohnt sind. Der Fokus liegt auf der Geschichte, nicht auf mir. Nicht auf diesen Gefühlen, die an mir nagen.
Meine Gedanken und Zweifel behalte ich für mich. Es geht nur um die Stimmungsberichte, die ich ihr durchgebe. Svenja bringt alles wunderbar zu Papier, sie saugt es auf und übersetzt es in eine Sprache, die jeder versteht. Sie berichtet objektiv und sachlich, trotzdem gelingt es ihr, Spannung aufzubauen. Die Leser sollen mitfiebern, sich im besten Fall eine eigene Meinung bilden. Der Plan sieht vor, dass ich weitere Gespräche führe, die unserem Publikum vermitteln, mit wem wir es zu tun haben.
Stell einfach Fragen, Bronski. Aus dem Bauch heraus.
Egal, was dir einfällt.

Du machst das wirklich gut.
Svenja ermuntert mich, auf mein Gefühl zu hören. Sie vertraut auf meine Menschenkenntnis, glaubt daran, dass ich einen Weg finde, Licht ins Dunkel zu bringen.
Wenn einer dazu in der Lage ist, dann du, Bronski.
Aber komm nicht auf die Idee, dich umbringen zu lassen.
Svenja bringt mich zum Lachen. Gibt mir das Gefühl von Normalität. Sie stellt nichts infrage, was die Brandstiftung anbelangt, setzt auf meine Fähigkeit, die Situation richtig einzuschätzen. Dass ich mir Dinge einbilde wegen der Tabletten, die ich nehme, ist kein Thema mehr.
Ich kenne dich, Bronski.
Wenn du sagst, dass es so war, dann war es so.
Die Frau, die ich liebe, bleibt ruhig. Sie lässt mich einfach machen, weil sie weiß, dass es für mich der einzige Weg ist, mit allem umzugehen. Trotzdem begleitet sie mich den ganzen Tag über. In jeder Pause telefonieren wir, sprechen über die Fotos, die ich ihr schicke. Ich male für sie ein vollständiges Bild von der Situation im Haus. Zudem hört sie sich die Dateien an und schlägt zusätzliche Fragen vor, die ich stellen soll. Gemeinsam gehen wir alle Möglichkeiten durch, wir spinnen die Geschichte in viele verschiedene Richtungen zu Ende.
Svenja hilft mir abzuwägen.
Meandri sucht einen Verbündeten.
Ich denke nicht, dass sie etwas damit zu tun hat.
Bleib aber trotzdem vorsichtig, Bronski.
Beinahe ist es so, als wäre Svenja hier.
Ohne dass sie es weiß, sorgt sie dafür, dass ich keine weitere

Panikattacke bekomme. Sie beruhigt mich, hält mich in der Balance. Sie ist in Berlin, aber trotzdem taucht sie mit mir in diesen Kriminalfall ein. Svenja ist genauso fasziniert davon wie ich.

Wir haben es mit jungen Erwachsenen zu tun, die Unsummen damit verdienen, ihr Leben im Luxus zu zelebrieren. Für die Kameras präsentieren sie eine perfekte Hochglanzwelt. Es geht um Markenklamotten, teure Uhren und Kosmetikartikel, sie inszenieren die Produkte, der Werbewert ist enorm. Die Reichweite, die sie steigern wollten, indem sie alle auf diesen verdammten Berg gestiegen sind, ist gigantisch. Immer mehr Augen richten sich auf die Eingeschlossenen, innerhalb kürzester Zeit haben sie die Aufmerksamkeit des ganzen Landes auf sich gezogen.

Parallel zu den Artikeln in unserer Zeitung und den Posts der Influencer berichten auch einzelne Fernsehsender über den vermeintlichen Mord und die verschwundene Leiche. Unsere Story macht die Runde, alle Zahnräder greifen ineinander. Das Publikum über die spezielle Situation in den Tiroler Bergen auf dem Laufenden zu halten, ist schnell zum Gesprächsthema Nummer eins geworden. Verdächtige mit hoher Reichweite sind Teil des Spektakels, alle Blicke sind auf den Berg gerichtet, egal, ob es draußen immer noch schneit und die Sicht schlecht ist, niemand kann sich dem Ereignis entziehen. Die mediale Inszenierung ist perfekt.

Doch Franz Weichenberger tobt.

Der neue Freund meiner Schwester. Der Polizist, der unten im Tal sitzt und versucht, mich zur Vernunft zu bringen. Unsere Idee, auf den Spuren von Agatha Christie einen Mord aufzuklären, stößt bei ihm auf wenig Gegenliebe. Weichenberger ist außer sich.

Anna hat mich gedrängt, ihn anzurufen und zu beruhigen, ich sollte ihm versprechen, mich still zu verhalten und keine Befragungen mehr durchzuführen.

Doch ich weigere mich.

Widerspreche.

Verdammt nochmal, das ist Sache der Polizei, sagt er.

Wehe, du vermasselst es, Bronski.

Doch seine Drohungen sind sinnlos.

Der Pressefotograf, der irgendwo im Nirgendwo mit fünf Mordverdächtigen eingesperrt ist und versucht, einen Schuldigen auszumachen, lässt sich nicht stoppen.

Im Minutentakt gibt es Instagram-Storys, die Svenja ständig aktualisiert. Der exklusive Zugang zu den Hauptdarstellern hat sich bereits bezahlt gemacht. Regina ist beglückt, lässt uns völlig freie Hand. Was Svenja und ich liefern, steigert die Auflage. Jedes Wort, das die Influencer zu mir sagen. Jedes Foto, das ich von ihnen mache.

YogaBine, die ihre Übungen macht.

BadyBoy, der um alle herumtanzt wie ein kleiner Teufel.

Rapper007, wie er in seinem Smoking im fallenden Schnee steht.

LauraMeandri mit übereinandergeschlagenen Beinen in einem Ohrensessel. Und der DorfProlet mit seinen Beinen auf dem Tisch.

Er sitzt direkt vor mir.

Spielt seine Rolle.

Genauso wie ich.

ACHTZEHN

DORFPROLET & DAVID BRONSKI

- Was soll die Scheiße eigentlich? Was willst du wirklich? Warum kommst du hier an und meinst, du kannst uns sagen, was wir zu tun haben? Ist doch völliger Schwachsinn. Du bist ein kranker Spinner, der sich da draußen verirrt hat, hast im Suff deine Hütte abgefackelt und gehst uns jetzt allen gehörig auf die Eier.
- So siehst du das also?
- So ist es doch, oder? Wir haben dir geholfen, und jetzt machst du dich auf unsere Kosten hier breit. Niemand hat dich darum gebeten, Detektiv zu spielen. Außerdem können wir uns nicht sicher sein, ob das Foto von RosaLex nicht Fake ist.
- Das Foto ist echt.
- Sagst du. Am Ende verarschst du uns alle. Vielleicht hat auch Rapper007 recht, und du warst es, der sie umgebracht hat. Und jetzt willst du es uns in die Schuhe schieben.
- Ich kann dir versichern, dass dem nicht so ist.
- Alle hier beteuern ihre Unschuld.
- Du kennst dich aus auf dem Gebiet?

- Ich mache mir nur Gedanken darüber, was du getan haben könntest, Bronski.
- Und was könnte ich deiner Meinung nach getan haben?
- Du könntest RosaLex aufgelauert haben. Sie ist dir begegnet, als sie hinunter ins Tal wollte, und du hattest dich nicht mehr im Griff. Was ich verstehen kann, weil sie echt scharf war.
- Ich habe niemandem aufgelauert. Und auch niemanden umgebracht.
- Aber du führst uns vor.
- Ich möchte nur mit euch reden. Herausfinden, was passiert ist und warum meine gesamte Ausrüstung verbrannt ist. Und warum ich hier am Ende der Welt in einem Haus mit fünf verwöhnten Rich Kids eingesperrt sein muss.
- Jetzt mach mal halblang, Alter. Du bist hier nicht in der Position, den Dicken zu spielen. Du hast nichts gezahlt, uns keinen einzigen Euro für deinen Aufenthalt in diesem Traumhaus gegeben. Also sei lieber still und benimm dich.
- Ich habe die Tote gefunden.
- Und das macht dich jetzt zum Experten, oder was?
- Ich möchte dir nur sagen, dass ich nicht freiwillig hier bin. Derjenige, der RosaLex getötet hat, hat dafür gesorgt, dass ich kein Dach mehr über dem Kopf habe.
- Willst du Mitleid?
- Nein, ich will, dass du mir hilfst herauszufinden, was RosaLex zugestoßen ist.
- RosaLex geht mir am Arsch vorbei. Sie hat sich entschieden zu gehen, hat auf unseren Deal geschissen. Also scheiße ich jetzt auch auf sie.

- Sie ist tot.
- Und? Meine Oma ist auch tot. Und mein Vater. Und ein paar Millionen andere Menschen auch. Also mach kein Fass auf und entspann dich. Niemand von uns hat etwas mit dem Mord an dieser Schlampe zu tun, du bemühst dich umsonst.
- Was macht dich da so sicher?
- Wie du dir denken kannst, haben alle von ihr profitiert. Die meisten von uns haben nur deshalb mitgemacht, weil sie dabei war. Wir wollten ihre Follower melken.
- So wie ich das verstanden habe, wollte sie auch eure melken, oder?
- Stimmt schon. Aber am Ende war sie die Kuh, die am meisten Milch gegeben hat.
- Schaut so aus, als würde sie euch sogar im Tod noch nützen.
- Da hast du wohl recht. Wahrscheinlich müssen wir dir sogar noch dankbar dafür sein, dass du mit dem Foto von ihrer Leiche hier angekrochen kamst.
- Das macht euch alle zu Verdächtigen.
- Ich kann mir beim besten Willen nicht vorstellen, dass irgendeiner von uns zu so etwas fähig wäre.
- Tut es dir nicht leid, dass sie tot ist?
- Doch, tut es.
- Aber?
- Sie hat gewusst, worauf sie sich einlässt. Trotzdem hat sie auf uns gepfiffen, ist abgehauen. Hat uns beim Frühstück gesagt, dass sie geht. Ohne Begründung.
- Ihr wart alle zusammen, als sie sich verabschiedet hat?
- Nein. Nur ich, LauraMeandri und YogaBine.

- Und die anderen?
- Haben gepennt. Was weiß ich, bin ja nicht der Babysitter von diesen Idioten, oder? Diese Schwuchtel, die mich angebraten hat, noch bevor ich meinen Koffer ausgepackt hatte, und dieser völlig unmusikalische Idiot, der denkt, er kann rappen. Keine Ahnung, was die gemacht haben. Jedenfalls waren sie nicht bei uns, als RosaLex den Abflug gemacht hat.
- Du magst BadyBoy und Rapper007 nicht besonders?
- Ich mag hier niemanden. Ich bin nur hier, um Geld zu verdienen.
- Ich habe gehört, du bist vorbestraft.
- Ja, klar.
- Klar?
- Gehört zu meinem Image, die Leute da draußen lieben das. Je mehr Scheiße ich baue, desto besser.
- Machst du dir keine Sorgen darüber, dass du dir dein Image kaputt machst? Ich habe mir sagen lassen, dass manchmal ein einziges Posting reicht, damit eine Influencer-Karriere den Bach runtergeht.
- Nicht in meinem Fall. Ich muss keine Fassade aufrechterhalten, ich kann machen, was ich will. Wie gesagt, je heftiger, desto besser. Die Leute da draußen stehen darauf, dass es da jemanden gibt, der nicht perfekt ist. Dass da einer ist, der Fehler macht und dazu steht. Ich bin ordinär, politisch unkorrekt, laut und derb, und ein gewisses Maß an krimineller Energie habe ich auch noch. Die Mischung stimmt, würde ich sagen.
- Du hast mehrere Bankomaten gesprengt.
- Und ich habe mich dabei gefilmt, das Material ordentlich

geschnitten und dann, mit geiler Mucke unterlegt, online gestellt.
- Und du denkst, dass das klug war?
- Es war auf alle Fälle ziemlich cool. Mehr Performance als Diebstahl. Die Fucker da draußen haben es geliebt.
- Du hast dich absichtlich erwischen lassen?
- Yes. Hat sich am Ende ausgezahlt. Diese Videos haben mir den Durchbruch beschert. Mithilfe deiner Kollegen von der Presse habe ich die zwei Millionen geknackt.
- Wie hoch war das Strafmaß?
- So hoch, dass es verfickt noch mal nicht wehgetan hat.
- Du hast ziemlich viel riskiert für ein bisschen Ruhm.
- Allzu hoch war das Risiko nicht. Ich habe in Heidelberg Recht studiert, bevor ich DorfProlet wurde.
- Studium abgeschlossen?
- Selbstverständlich. Ein bisschen Bildung schadet auch dem größten Proleten nicht.
- Echt jetzt? Ein Akademiker? Hut ab. Ich habe mein Studium damals abgebrochen. Kunst in Wien. Hätte mir vielleicht auch gutgetan, es abzuschließen.
- Willst du dich jetzt mit mir verbrüdern, oder was? Vertrauen aufbauen?
- Würde es sich lohnen?
- Natürlich. Ich könnte dir so einiges erzählen.
- Wenn die Info gut ist, wirst du der Erste sein, der erfährt, wer der Mörder ist. Du wirst es vor den anderen posten.
- Und du denkst, dass ich das will?
- Wer als Erster damit rausgeht, profitiert wahrscheinlich am meisten davon.

– Wer sagt dir, dass nicht ich es war?

– Sollte ich herausfinden, dass du es warst, werde ich dir das ebenfalls mitteilen.

– Du bist ein ziemlich lustiges Kerlchen, Bronski. Eben noch halb tot und im nächsten Moment den Fuß schon wieder voll auf dem Gaspedal. Man kann dir nicht vorwerfen, dass du keinen guten Job machst.

– Ich bemühe mich.

– Und ich habe keine Ahnung, ob du mit der Information, die ich für dich habe, wirklich etwas anfangen kannst.

– Lass hören.

– Es geht um die Pistenraupe. Sie war länger in Betrieb vorletzte Nacht. Als ich gestern Morgen draußen war, um in der Scheune ein paar Gewichte zu stemmen, habe ich es bemerkt. Der Motor war noch warm. Jemand hat eine frische Spur in den Tiefschnee gezogen.

– Sicher?

– Denkst du, ich bin behindert, oder was? Wenn ich sage, dass irgendjemand in der Nacht damit unterwegs war, dann war dem auch so.

– Wer?

– Das musst du selbst herausfinden. Ich wollte nur, dass du weißt, dass es hier oben Mittel und Wege gibt, den Schnee da draußen zu bezwingen. Der Besitzer des Hauses hat wirklich an alles gedacht. Raupe, Fräse, Motorschlitten, ist alles da.

– Ist doch bestimmt nicht einfach, so ein Ding zu fahren.

– Ist leichter, als du denkst. Sogar die Mädels haben das drauf. Als wir angekommen sind, haben wir das ganze Spielzeug

ausprobiert. Sind ein paar hübsche Fotos und Videos dabei entstanden.
- Jeder könnte also damit gefahren sein?
- Die Schlüssel stecken, kannst es gerne mal versuchen. Bei dem vielen Schnee würde ich an deiner Stelle aber die Raupe nehmen, mit dem Motorschlitten kommst du nicht weit.
- Eine Sache noch.
- Welche?
- Wie wollte RosaLex eigentlich ins Tal kommen?
- Sie wollte sich abholen lassen. Bis zum Parkplatz wollte sie zu Fuß laufen.
- Warum hat niemand von euch sie gebracht?
- Weil es keinen Grund gab, nett zu ihr zu sein. Sie hat uns alle behandelt, als wären wir ihre Wasserträger.
- Könnte es sein, dass Rapper007 sie gefahren hat? Oder BadyBoy?
- Keine Ahnung. Wir waren fertig mit Frühstücken, jeder hat dann sein Ding gemacht.
- Sie hatte doch bestimmt eine Menge Gepäck dabei. Sie hat es ja wohl kaum zu Fuß den Berg runtergetragen, oder?
- Ich habe dir alles gesagt, was ich weiß. Wir könnten also jetzt ganz gepflegt eine Flasche Schampus auf unsere schöne, neue Freundschaft trinken.
- Ich dachte immer, Proleten trinken Bier.
- Das tun sie auch.

NEUNZEHN

Ich renne in die Scheune und staune.
Was der DorfProlet erzählt hat, stimmt. Eine funkelnagelneue Pistenraupe steht vor mir, kleiner als jene, die gewöhnlich in Skigebieten verwendet werden, aber auf den ersten Blick ebenso funktionell. Vorne befindet sich eine Schaufel, die den Schnee zur Seite schiebt, und die Kettenbänder aus Gummi ermöglichen es, problemlos über die Schneemassen zu fahren.
Mit so einem Pistenbully ist der Weg zu meiner Blockhütte bei halbwegs normalen Schneeverhältnissen innerhalb kürzester Zeit zu bewältigen. Bei weniger Schnee wäre das auch mit dem Motorschlitten möglich, der neben der Raupe steht. Wenn man sich diesen Luxus am Berg leisten kann, bekommt man offenbar alles, was dazugehört, um sich geborgen und sicher zu fühlen.
Wir sind hier völlig flexibel, hat der DorfProlet noch gesagt.
Wenn es darauf ankommt, können wir jederzeit von hier weg.
Ich habe ihm nicht gesagt, dass er sich irrt.
So klug dieser junge Mann trotz seines rüpelhaften Auftretens

auch zu sein scheint, der Weg hinunter ins Tal ist auch mit der Pistenraupe aktuell nicht zu schaffen. Ohne Seilwinde bergab zu fahren ist nach allem, was ich auf diversen Pisten gesehen habe, lebensgefährlich. Das Gelände ist zu steil, die Rutschgefahr durch den vielen Schnee enorm. Trotzdem habe ich plötzlich Gewissheit.
Was ich vermutet habe, hat sich bestätigt.
Es ist also möglich gewesen.
Gerade noch rechtzeitig, bevor der Schnee ein Fortkommen von hier unmöglich gemacht und alle Wege versperrt hat, muss jemand von hier zu meinem Blockhaus aufgebrochen sein. Sie hatten alle die Möglichkeit, den Fuhrpark zu benutzen. Auch RosaLex hätte mit der Pistenraupe nach unten fahren können. Warum ging sie dann zu Fuß mit ihrem Gepäck durch den Tiefschnee?
Sie lügen mir ins Gesicht.
So als hätten sie nie etwas anderes getan.
Sie bestreiten ihre Mitschuld am Tod ihrer Kollegin. Mit aufgeblähtem Selbstbewusstsein sitzen sie mir gegenüber und machen mir weis, dass sie ahnungslos sind.
Nach dem kurzen Spektakel zu Beginn zeigen sie sich jetzt wieder völlig ungerührt, keiner von ihnen trauert, weint RosaLex mehr eine Träne nach. Sie wirken wieder kalt und unbarmherzig.
LauraMeandri, aber auch der DorfProlet.
Im Gespräch mit ihm hatte ich sogar den Eindruck, dass er sich einen Spaß daraus macht. Dass er beschlossen hat, mich genauso wenig ernst zu nehmen, wie LauraMeandri es wahrscheinlich tut.

Er demonstriert mir seine Überlegenheit, zeigt mir sein wahres Gesicht. Der Akademiker, der sich als Prolet ausgibt, verführt die Menschen dazu, ihn zu unterschätzen. Er spielt mit den Rollenbildern, befriedigt jene, die es gerne sauber und ordentlich haben, sich aber gleichzeitig danach sehnen, einmal auf alles zu scheißen.
So hat er es selbst formuliert.
Er ist derjenige, dem ich es am ehesten zutraue. Er wäre kaltschnäuzig genug, um zu bleiben und weiterzuspielen. Wäre ich derjenige gewesen, der jemanden getötet hätte, ich wäre davongelaufen. Hätte mich so schnell und so weit wie möglich vom Tatort entfernt. Zumindest hätte ich es versucht.
Der DorfProlet öffnet eine Flasche Champagner nach der anderen.
Wieder im Wohnzimmer, schenkt er siegessicher den anderen ein.
Ein Schlückchen vor dem Essen.
Bevor uns Bronski alle verhaftet, sollten wir noch einmal anstoßen.
Ist ein verdammt harter Hund, unser Kommissar.
Alle grinsen abfällig.
Trinken. Und nicken mitleidig in meine Richtung.
Sie warten gespannt darauf, bis sie an der Reihe sind.
Der Rapper und BadyBoy schieben mehrere Tiefkühlpizzen ins Backrohr, während sich Meandri und YogaBine ununterbrochen umziehen und draußen im Schnee Fotos machen. Stehaufmännchen, die nicht zu stoppen sind. Sie drücken ihr Programm durch, egal, wie hoch der Preis dafür ist. Es scheint keine Außenwelt für sie zu geben, wichtig ist nur,

was sie selbst tun und sagen. Wie die Bilder aussehen, die sie machen.
Der Schnee ist der Hammer.
Schau dir diese Flocken an.
Geiles Outfit, geiles Licht.
Ich fotografiere sie dabei, wie sie gegenseitig Bilder von sich machen. Wie sie mit ihren Handys in der Hand die Außenwelt beglücken.
Mit rasender Geschwindigkeit drücken sie auf den kleinen Bildschirmen herum und erledigen ihre Arbeit, während die Jungs Musik auflegen und beginnen, auf den Tischen zu tanzen. Sich vor den Kameras gehen zu lassen.
Die Stimmung wird immer ausgelassener.
Einmal mehr schüttle ich den Kopf.
Noch nie zuvor hatte ich mit solchen Menschen zu tun. Alles, was sie machen, ist für ein Publikum bestimmt. Egal, ob sie mit ihren Klamotten posieren, ob sie Turnübungen machen, mit Hanteln trainieren, sich schminken, rülpsen, fluchen oder tanzen, sie spielen eine Rolle. Rechnen in jeder Sekunde damit, dass sie fotografiert werden. Von einem der anderen Influencer oder auch von mir.
Alles ist inszeniert.
Sogar der Rausch, dem sie sich hingeben.
Ich beobachte YogaBine mehrmals dabei, wie sie den Inhalt ihres Glases heimlich in den Übertopf einer Pflanze gießt.
Lasst uns feiern, schmettert sie dabei ausgelassen in die Runde.
Die Champagnerflasche in der einen Hand.
In der anderen ihr Handy.
Party, schreit sie.

ZWANZIG

DAVID BRONSKI & YOGABINE

- YogaBine, richtig?
- Richtig.
- Schon wieder nüchtern?
- Ich kann mit Alkohol umgehen.
- Sehe ich auch so.
- Ist wohl ein Glücksfall, dass mein Körper das Zeug ziemlich schnell wieder abbauen kann.
- Dein Körper oder der Gummibaum im Wohnzimmer?
- Verstehe nicht, was du damit meinst.
- Du hast den Champagner weggeleert. Mehrere Gläser. Während die anderen die Kontrolle verlieren, behältst du sie.
- Und?
- Du spielst den Leuten vor, dass du betrunken wärst. Du täuschst sie. Warum?
- Ach, komm schon, das gehört zum Geschäft.
- Inwiefern?
- Du denkst, dass die anderen das nicht machen? Dann hast du wohl nicht genau hingesehen. Ich bin nicht die Einzige,

die es vorzieht, sich nicht den ganzen Tag mit Champagner die Birne vollzudröhnen. Für ein paar Klicks mehr werde ich hier doch nicht zur Alkoholikerin.
- Und warum trinkst du dann überhaupt? Lass es doch einfach bleiben, mach dir einen Tee oder trink Wasser.
- Niemand will sehen, wie wir Wasser trinken.
- Es geht also nur darum, was die Leute sehen wollen?
- Wir erzeugen Sehnsucht. Die armen Zwerge da draußen sollen das Gefühl bekommen, dass es da etwas gibt, wovon sie träumen können. Das Leben, das wir für sie vor der Kamera führen, soll eines sein, nach dem sie sich verzehren. Wir verkaufen ein Lebensgefühl, Leichtigkeit und Luxus, wir inszenieren eine perfekte Welt. Und am Ende machen wir sie damit glücklich.
- Oder unzufrieden. Ihr zeigt ihnen, wie beschissen ihr eigenes Leben ist, wie arm und unbedeutend sie sind. Ihr schürt Neid und Hass. So könnte man es auch sehen, oder?
- Könnte man. Tatsache ist aber, dass sie uns dafür lieben. Sie wollen genau das sehen. Und unser Job ist es, dafür zu sorgen, dass das jederzeit möglich ist.
- Und wie passt die Tiefkühlpizza da ins Bild?
- Gar nicht. Das hat bis auf unseren Proleten auch niemand gefilmt oder fotografiert. Obwohl sie lecker geschmeckt hat. Kannst dich gerne bedienen, es ist noch mehr als genug da.
- Danke, keinen Hunger. Vielleicht später.
- Egal, was du magst, der Kühlschrank ist voll, du bedienst dich einfach. So wie es aussieht, bist du jetzt einer von uns.
- Bin mir nicht sicher, ob mir das gefällt.
- Du machst Fotos, wir machen Fotos. Du erzählst, was hier

vor sich geht, und wir tun das auch. Wir sitzen alle hier fest und berichten über dasselbe Verbrechen.
- Hast du keine Angst, dass ich der Mörder sein könnte?
- Ich weiß, dass du nichts mit RosaLex' Tod zu tun hast.
- Und woher weißt du das, wenn ich fragen darf?
- Ich habe dich beobachtet. Du scheinst zwar ziemlich am Ende zu sein, zur Gewalt neigst du aber nicht, das sehe ich. Ich gehe davon aus, dass du wirklich nur herausfinden willst, wer von uns in der Lage ist, einen Mord zu begehen. Schaut so aus, als wäre dir das nicht nur beruflich wichtig, sondern auch privat.
- Ist es, ja.
- Du denkst also wirklich, jemand von uns wollte dich töten?
- Ja, das denke ich.
- Einer von uns soll also zuerst RosaLex den Schädel eingeschlagen und dann mitten in der Nacht versucht haben, dich in den Flammen umkommen zu lassen, weil du ein Foto von ihrer Leiche gemacht hast.
- Genau so ist es. Und mittlerweile bin ich mir auch ziemlich sicher, dass derjenige oder diejenige mit der Pistenraupe unterwegs war.
- Ich werde also auch verdächtigt?
- Selbstverständlich. Ich habe gehört, dass auch die Frauen im Haus dazu in der Lage sind, das Ding zu fahren.
- Nur dass wir in der Lage sind, mit so einem Teil zu fahren, macht uns aber noch lange nicht zu Monstern. Laura-Meandri und ich haben das am ersten Tag einfach sehr genossen. Wir sind beide auf einem Bauernhof groß geworden und mit schwerem Gerät vertraut. Wir haben

herausgefunden, dass wir bereits als Zehnjährige mit dem Traktor unterwegs waren. Es war quasi ein kleiner Ausflug zurück in unsere rustikale Vergangenheit.
- Du hast dich also nicht mit der Pistenraupe auf den Weg zu mir gemacht?
- Habe ich nicht, nein.
- Und du bist genauso unschuldig wie die anderen?
- Ob die das sind, weiß ich nicht. Was mich betrifft, kann ich dir aber definitiv sagen, dass ich niemals so die Beherrschung verlieren würde, eine Hütte anzuzünden oder jemanden umzubringen. Das ist nicht meine Art.
- Und was ist deine Art? Vielleicht beschreibst du dich einfach mal selbst. Meine Kollegin in Berlin freut sich über jeden O-Ton.
- Wenn ich das richtig mitbekommen habe, ist sie deine Freundin, oder? Svenja Spielmann, ich habe sie gegoogelt. Sie ist hübsch. Fragt sich nur, ob sie zu dir passt.
- Es geht hier nicht um Svenja. Und auch nicht um mich.
- Wer sagt das? Du kommst hier an und willst bei den Großen mitspielen, also musst du es auch ertragen, dass man sich Gedanken über dich und den Rest der Besetzung macht.
- Was möchtest du mir sagen?
- Dass dir etwas Jüngeres guttun würde.
- Kann es sein, dass du mich gerade anmachst?
- Wäre doch schön, wenn wir beide ein bisschen Spaß miteinander hätten. Deine Freundin muss ja nichts davon erfahren. Du kannst das Diktiergerät einfach ausschalten. Was hier oben am Berg passiert, bleibt am Berg.
- Mir wird wirklich nichts erspart.

- Musst dich nicht quälen. Lass dich einfach gehen, wird bestimmt aufregend. Kannst dich hundertprozentig auf mich verlassen. Ich werde kein Wort darüber verlieren, wir gönnen uns einfach eine kleine Auszeit. Kurz soll es nur um dich und um mich gehen.
- Es wäre schön, wenn wir jetzt wieder zurück zum Thema kommen könnten.
- Weißt du, was mir am meisten an dir gefällt, Bronski? Deine Lonely-Wolf-Attitude. Du streifst allein durch den Winterwald und machst Bilder von einer Toten. Das ist krass, Bronski. Unheimlich sexy, wenn du mich fragst. Wahrscheinlich gibt es von RosaLex in dieser Flut an Bildern, die sie gepostet hat, kein einziges, das so wunderschön ist wie deines. Drängt sich also die Frage auf, wann du mich so fotografierst. Für dich würde ich nämlich gern ein kleines bisschen sterben.
- Für dich ist das hier Spaß, oder?
- Für dich nicht? Ich bin der Meinung, wir sollten das Beste aus der Situation machen.
- Das Beste wäre, wenn du mir endlich etwas über dich erzählst.
- Deine schlaue Svenja hat doch bestimmt schon alles über mich ausgegraben. Da muss ich dich doch nicht auch noch mit meiner Lebensgeschichte langweilen.
- Mach einfach, bitte. Und wenn du aufhörst, den Vamp zu spielen, langweilst du mich auch bestimmt nicht mehr.
- Na gut. Von mir aus.
- Na, dann los.
- Ich bin in sehr armen Verhältnissen aufgewachsen. Hütte im

Wald, kein Strom, wir haben mit Holz geheizt, ich musste barfuß raus, um Holz zu hacken. Meine Mutter war blind und mein Vater Alkoholiker. Und mit vierzehn wurde ich vergewaltigt. Ich habe mich nie davon erholt. Reicht das?
- Du verarschst mich.
- Und wenn?
- Dann brechen wir ab. Der Nächste ist Rapper007, vielleicht hat er mehr Lust, zu reden und die Möglichkeit zu nutzen, die wir ihm bieten.
- Du bluffst.
- Tu ich nicht. Ich gehe jetzt nach oben in mein Zimmer und telefoniere mit der Redaktion. Schönen Nachmittag noch, YogaBine.
- Ich hab das nicht so gemeint.
- Zu spät. Ich bin nicht hier, um mich zum Affen machen zu lassen. Da draußen liegt irgendwo ein totes Mädchen, und ich möchte wissen, warum. Vielleicht kannst du ja andere mit deinem Theater glücklich machen, bei mir funktioniert das leider nicht.
- Es tut mir leid, ehrlich. Ich weiß auch nicht, was mit mir los ist.
- Kannst es ja herausfinden und mir Bescheid geben, wenn es so weit ist.
- Bitte bleib.
- Warum sollte ich?
- Weil ich das hier brauche. Mehr als irgendjemand sonst.
- Soll heißen?
- Ich habe Schulden. Habe mein Geld falsch angelegt. Es ist nichts mehr da. Habe auf die falschen Leute gehört.

- Und das soll ich dir jetzt glauben?
- Ich schwöre, das ist die Wahrheit.
- Die anderen wissen nichts davon?
- Nein.
- Und ich nehme an, dass es auch dabei bleiben soll, oder?
- Das kann ich kaum mehr aufhalten. Wenn deine Freundin gut ist in ihrem Job, findet sie es ohnehin heraus. Auf Dauer werde ich kein Geheimnis daraus machen können.
- Du bist also pleite?
- Bin ich. Deshalb habe ich mich wohl gerade auch so danebenbenommen. Ich weiß einfach nicht mehr, was richtig ist und was falsch. Was ich machen soll. Wie ich aus dieser Nummer wieder herauskomme.
- Tut mir leid, dass du Probleme hast.
- Und mir tut das von vorhin leid. Ist normalerweise nicht meine Art. Bitte entschuldige.
- Schon gut.
- Das hier ist meine letzte Chance, Bronski. Jeder einzelne Follower ist für mich wichtig. Wenn ich meine Reichweite erhöhe, erhalte ich neue Verträge und kann mich aus diesem Loch ziehen. Deshalb sage ich dir auch, was du unbedingt wissen willst.
- Und das wäre?
- RosaLex hatte ebenso viele Klamotten und Beautyscheiß dabei wie ich und LauraMeandri. Zwei extragroße Reisetaschen. Ich habe mitbekommen, dass du gefragt hast, wo sie abgeblieben sind.
- Du weißt es?
- Wir haben beim Frühstück gesessen und waren angepisst,

weil sie abhauen wollte. Keiner von uns hat sich aufgedrängt, für sie den Kofferträger zu spielen. Sie hat sich abgeschleppt, und wir haben gegrinst. Die Königin musste ihre Drecksarbeit selbst machen, das hat uns gefallen. Sie hat fluchend das Haus verlassen.
- Und was ist dann passiert?
- Weiß ich nicht.
- Bravo. War ein netter Versuch.
- Ich weiß nur, dass ihre Reisetaschen das Anwesen hier nie verlassen haben. Weiter als bis zur Scheune scheint es RosaLex mit ihrem Gepäck nicht geschafft zu haben.
- Und woher weißt du das?
- Die Taschen. Ich habe sie zufällig gefunden.
- Wo?
- Nicht weit von der Scheune. Ich habe einen Riemen gesehen, der aus dem Schnee herausgeschaut hat, dann habe ich begonnen zu graben. Es sind ihre Sachen, daran besteht kein Zweifel. Jemand wollte die Reisetaschen da draußen im Schnee verschwinden lassen.
- Wann hast du die Taschen entdeckt?
- Vorgestern. Bevor du aufgetaucht bist.
- Du wusstest zu dem Zeitpunkt noch nicht, dass sie tot ist.
- Nein, das wusste ich nicht.
- Und du hast nicht Alarm geschlagen? Dich nicht gewundert, dass ihr Gepäck verscharrt bei der Scheune liegt? Du hast dich nicht gefragt, was mit RosaLex passiert ist?
- Doch, natürlich habe ich das.
- Aber?
- Ich wollte nicht, dass das hier aufhört.

- Wie meinst du das?
- Wenn ich den anderen davon erzählt hätte, hätten sie die Polizei gerufen. Zu dem Zeitpunkt wäre es noch möglich gewesen, hierherauf zu kommen. Sie hätten das alles hier beendet. Wir hätten abbrechen müssen.
- Ich glaube dir nicht.
- Ich wollte einfach nur meine Haut retten, Bronski. Diese Tage hier sind für mich überlebenswichtig. Ich brauche diese verdammten Klicks. Das musst du doch verstehen.
- Nein, das tue ich nicht. Hättest du es gemeldet, hätte mein Blockhaus nicht gebrannt. Die Polizei hätte hier alles auf den Kopf gestellt, und niemand hätte sich auf den Weg zu mir machen und mich beinahe umbringen können. Wie sollte ich dich also verstehen?
- Bin ich jetzt schuld, dass man dich abfackeln wollte?
- Bist du nicht. Trotzdem war es keine gute Idee, deinen Fund zu verschweigen.
- Ich weiß, dass es nicht richtig war, aber ich konnte nicht anders.
- Dir ist klar, dass dich das in den Augen der Polizei zur Hauptverdächtigen macht, oder?
- Die Polizei ist nicht hier. Noch können wir das vielleicht unter uns ausmachen. Ich schwöre dir, ich habe RosaLex nichts getan.
- Warum sollte ich dir glauben?
- Warum sollte ich der ganzen Welt erzählen, dass ich einer Toten das Gepäck geklaut habe, wenn ich schuldig wäre?
- Wo sind die Taschen jetzt?
- Komm mit, ich zeige sie dir.

EINUNDZWANZIG

Ich bin mir nicht sicher, ob sie lügt oder nicht.
Vor mir steht eine völlig hilflose junge Frau, die alles dafür gibt, sich über Wasser zu halten. Sie hat mich gebeten, mit auf ihr Zimmer zu kommen. Gibt vor, ehrlich zu sein.
YogaBine sperrt die Tür ab.
Sie spricht davon, dass ihre perfekte Welt längst auseinandergebrochen ist. Nur mit Mühe hält sie zusammen, was längst kaputtgegangen ist. YogaBine wehrt sich gegen das Ertrinken.
Auch wenn sie es vielleicht nicht beabsichtigt hat, sie hat sich mir anvertraut. Mir verraten, was die anderen nicht über sie wissen.
Sie ist verzweifelt, will retten, was noch zu retten ist.
Du musst mir helfen, Bronski.
Von einem Moment auf den anderen hat sie den Modus gewechselt. Von der Verführerin ist sie zum Opfer mutiert, jetzt bricht es förmlich aus ihr heraus. Während YogaBine den begehbaren Kleiderschrank öffnet und ein paar Kartons auf die Seite räumt, spricht sie weiter über ihre Schulden, darüber, dass sie auf zwanzig Quadratmetern wohnt und ihre Miete

nicht mehr bezahlen kann, obwohl sie Unmengen an Geld verdient.

Pfändung, Steuernachzahlungen. An manchen Tagen weiß sie nicht, wie sie für ihre Lebensmittel aufkommen soll.

In einem Chalet, in dem es rund um uns glitzert und funkelt, beschreibt sie das Elend, in dem sie lebt. Während ich die Reisetaschen durchsuche, erklärt sie mir wieder und wieder, dass es reiner Zufall war, wie sie darauf gestoßen ist. Dass sie sich dafür hasst, sie ausgegraben und hoch auf ihr Zimmer getragen zu haben.

Ich weiß, dass es falsch war.
Dass ich es jemandem hätte sagen müssen.
Aber ich wollte ihren Schmuck. Ihren Computer. Das Bargeld.
YogaBine schluchzt, als sie mir die Sachen zeigt.
Ich habe sie beklaut, aber ich habe sie nicht umgebracht.
Ich schwöre, ich könnte so etwas niemals tun.
Sie fleht mich an, ihr in die Augen zu sehen.
Ich bin doch keine Mörderin.
YogaBine will die letzte Gelegenheit nutzen, den Schaden zu begrenzen. Sie weiß, welches Bild die beiden Reisetaschen machen würden, wenn die Polizei sie findet.

Wenn bekannt wird, dass sie sich Geld und Schmuck der Toten angeeignet hat, wird sie sofort in Gewahrsam genommen. Man wird sie stundenlang verhören, die Ermittler werden garantiert davon ausgehen, dass sie lügt. Dass YogaBine mir die Taschen nur gezeigt hat, um von sich abzulenken.

Von einem Ablenkungsmanöver werden sie sprechen, davon, dass YogaBine einen kleinen Teil der Schuld auf sich nehmen, den großen Teil aber von sich abstreifen wollte.

Es wäre tatsächlich möglich.

Aber aus irgendeinem Grund glaube ich nicht daran. Vielleicht, weil mich ihre Geschichte berührt. Weil ich spüre, dass sie die Wahrheit sagt. Dass sie nicht damit umgehen kann, eine Diebin zu sein. Eine Verdächtige in einem Mordfall.

Was allen anderen egal zu sein scheint, belastet sie, auch wenn sie es zunächst überspielt hat. Sie ist sensibel, dünnhäutig, sie will auf keinen Fall Probleme bekommen. Sie hat verstanden, dass sie beichten muss, solange es noch geht.

Du musst mir glauben, Bronski.

Ich dachte, das löst auf einen Schlag all meine Probleme.

Ich bin nicht mal im Traum darauf gekommen, dass ihr jemand etwas angetan hat. Ich war mir sicher, dass ihr die Taschen einfach zu schwer waren und sie sie dagelassen hat.

Die laszive Frau, die mich noch vor einer halben Stunde verführen wollte, gibt es nicht mehr. Da ist nur noch dieses Häufchen Elend, das um Gnade winselt, das weiß, was passieren wird, wenn ich das Zimmer verlasse und die Wahrheit in die Welt hinausposaune. Mit einem Fingerschnippen könnte ich sie in der öffentlichen Wahrnehmung ans Kreuz nageln.

Genau deshalb redet sie mit mir.

Ich hätte dir nichts von den Taschen sagen müssen.

Ich wollte nur, dass du mir glaubst und mich raushältst.

YogaBine sitzt auf ihrem Bett und zittert.

Nur langsam beruhigt sie sich.

Ich bin völlig im Arsch, sagt sie.

Ich frage mich kurz, ob sie mich nicht doch bewusst in die Irre führt. Ob sie die Mörderin ist und von sich abzulenken versucht, indem sie mit dem Finger auf sich selbst zeigt. Weil immer noch jeder dieser fünf Menschen RosaLex getötet haben könnte.

Keiner hat ein glaubhaftes Alibi. Jedem wäre es zuzutrauen. Ich darf nicht den Fehler machen, zu vorschnell jemanden vom Haken zu lassen. Ich muss objektiv und aufmerksam bleiben, darf keinen von ihnen unterschätzen.

Eigentlich ist völlig klar, was ich tun müsste.

Ich sollte mit Svenja reden, mit Regina, ich müsste der gesamten Gruppe das mit den Taschen sagen. Ich müsste für Unruhe sorgen und YogaBine ans Messer liefern. Ich dürfte keine Rücksicht auf sie nehmen, nichts riskieren. Ich bin in diesem Haus, um einen Mord aufzuklären und die Story des Jahres abzuliefern. Am Ende wird es vielleicht Journalistenpreise für diese True-Crime-Serie regnen. Regina hat es angekündigt, und ich weiß, dass sie recht hat.

Immer wieder erinnere ich mich daran, durchzuhalten. Es ist einzigartig, was hier geschieht.

Fünf Tatverdächtige und ich. Allein, bis die Polizei kommt.

Bis es aufhört zu schneien. Und laut Wetterbericht soll es das noch mindestens weitere achtundvierzig Stunden tun.

Ich habe die Chance, alles zu lenken, ich bin es, der die Geschichte schreibt, der seine Beobachtungen teilen kann oder nicht. Ich bin es, der die Gespräche aufzeichnet, ich kann Teile davon wieder löschen. Ich bin es, der sich dem Risiko aussetzt, erneut Ziel eines Anschlags zu werden, also darf ich auch entscheiden, wie es weitergehen wird.

Auch wenn es unvernünftig ist.

Von mir aus, sage ich also.

Ich werde tun, worum du mich bittest.

Ich will ihr eine Chance geben, sie nicht ans Messer liefern, solange ich nicht weiß, ob sie schuldig ist oder nicht. Aber es ist nicht nur das, aus irgendeinem Grund fasziniert mich diese junge Frau. Ihre Schönheit macht etwas mit ihr. Ihr durchtrainierter Körper, ihr makelloses Gesicht, ihre Persönlichkeit. Selten habe ich erlebt, wie jemand sich emotional so häutet, innerhalb kürzester Zeit die Richtung so radikal ändert und gegen jede Vernunft Vollgas gibt.

Auch wenn ich es nicht wahrhaben will, aber sie ist wie ich.

Kannst Sabine zu mir sagen, meint sie.

Dann bedankt sie sich. Schaut mich mit ehrlichen Augen an. Trifft mich völlig unvorbereitet. An einer Stelle, an der mich sonst nur Svenja trifft. Sie berührt mich. Mehr, als ich es will. Sabine Kaltschmid, wie sie wirklich heißt, zieht mich mit allen Mitteln auf ihre Seite. Mit ihrer Offenheit, mit ihrer Gabe, Mitgefühl zu wecken, mit ihrem Körper.

Nach zwanzig Minuten in ihrem Zimmer hat sie mich im Sack. YogaBine hat sich einen Sonderstatus erarbeitet.

Weil sie bereit war, weiter zu gehen als die anderen, helfe ich ihr.

Wir behalten das für uns, sage ich.

Am Ende hast nicht du die Taschen gefunden, sondern ich.

Du kommst jetzt mit und zeigst mir, wo.

Sabine lächelt erleichtert.

Du wirst es nicht bereuen, sagt sie.

Ich nicke nur.

Damit sie vor den anderen nicht als Diebin dasteht, verändere ich den Lauf der Geschichte. Ich schlage jede Vorsichtsmaßnahme in den Wind, fühle mich unverwundbar und denke

keinen Augenblick mehr daran, dass noch weitere furchtbare Dinge passieren könnten.
Ich bin im Blindflug unterwegs.
Und in Wahrheit ebenso hilflos wie YogaBine.
Benommen sehe ich dabei zu, wie sie Schmuck, Geld und Computer in die Reisetaschen packt. Heimlich schleichen wir uns damit nach unten, hinaus in den Schneesturm. Wie angekündigt, zeigt sie mir, wo sie das Gepäck von RosaLex gefunden hat. Und als wäre es das Selbstverständlichste auf der Welt, suche ich nach einer Schaufel und beginne zu graben. Hinterlasse alles so, wie sie es vorgefunden haben muss. Obwohl ich bereits weiß, dass ich einen Fehler mache, beginne ich, für sie zu lügen. Und verwische Spuren.
Verstricke mich viel tiefer in alles, als ich will.
Weil dieses Gefühl plötzlich in mir aufkommt.
Der Wunsch, sie in den Arm zu nehmen.
Sie zu trösten.
Und sogar zu küssen.
Ihre Lippen zu berühren.
Sabine ist kaum älter als meine Tochter, allein die Vorstellung, ihr nahe zu kommen, würde normalerweise großes Unbehagen in mir auslösen. Jetzt aber hadere ich. Denke ernsthaft daran, diese unsichtbare Grenze zwischen uns zu überschreiten.
Dieses Gefühl anzunehmen.
Und mich zu verlieren.
Endgültig.

ZWEIUNDZWANZIG

DAVID BRONSKI & RAPPER007

- Hübscher Smoking. Etwas overdressed für meinen Geschmack. Aber du weißt bestimmt, was du tust.
- Was erhoffst du dir eigentlich von diesem Schmierentheater, Bronski? Glaubst du wirklich, dass du in der Lage bist, einen Mord aufzuklären? Dass du eine Ahnung davon hast, was hier abläuft? Du meinst, du durchschaust uns?
- Ich bemühe mich. Vor allem darum, fair zu sein. Auch hier oben gilt die Unschuldsvermutung. Erst wenn die Schuld bewiesen ist, klicken die Handschellen.
- Welche Handschellen denn? Du bist Fotograf und nicht Polizist, hast also gar nichts zu sagen. Der einzige Grund, warum ich hier mitmache, ist, dass ich das bisschen Werbung extra gut gebrauchen kann.
- Werbung?
- Ich möchte, dass ihr über mein neues Album schreibt. Ist gerade raus. So wie es aussieht, wird es eine ziemlich fette Nummer.
- Wir können es gerne erwähnen.
- Erwähnen ist zu wenig. Du sollst deiner Tussi in Berlin

sagen, dass sie es ordentlich featuren soll, sonst sage ich kein Wort.
- Hat sich also herumgesprochen, dass die Tussi und ich ein Paar sind?
- Ist mir eigentlich scheißegal, wen du fickst, ich will nur, dass du machst, was ich dir sage. Wenn wir dich hier schon ertragen müssen, dann soll sich das auch auszahlen.
- Geht in Ordnung. Ich sage meiner Tussi, dass sie dich ordentlich promoten soll. Vielleicht bringen wir dich ja auf die Titelseite. Wäre doch das Mindeste, oder?
- Du verarschst mich.
- Nicht mehr oder weniger als du mich.
- Aus irgendeinem Grund mag ich dich nicht, Bronski.
- Ist mir aufgefallen. Ich verstehe bloß nicht, warum. Bis jetzt habe ich dir nichts getan. Es gibt keinen Grund, dich mit mir anzulegen. Es geht mir nur um die Tote, die ich gefunden habe.
- Dir geht es einen Scheiß um die Tote. Du hast RosaLex gefunden und so getan, als wärst du wahnsinnig schockiert, aber am Ende hast du sie einfach nur benutzt.
- Was habe ich?
- Du hast sie fotografiert. Man muss schon ein ziemlich krankes Arschloch sein, um so etwas durchzuziehen. Stellst dich hin und machst Bilder von einer Leiche. Das ist abartig, Mann.
- Du hättest sie also nicht fotografiert, wenn du die Gelegenheit dazu gehabt hättest?
- Vielleicht hatte ich die Gelegenheit ja.
- Was soll das heißen?

- Möglicherweise bin ich ja derjenige, der sie umgebracht hat. Könnte sein, dass du nicht der einzige Psychopath bist, der hier rumläuft.
- Findest du das lustig?
- Ich bin nicht dumm, Bronski. Du bist ein Straßenköter, der auf der Suche nach etwas Fressbarem ist. Du machst das alles nur wegen der Kohle und nicht, weil dir das arme Mädchen da draußen im Schnee leidgetan hat.
- Das eine schließt das andere nicht aus. Ich habe ziemlich viel mitansehen müssen in den letzten zwanzig Jahren. Glaub mir, das macht was mit einem. Dort hinsehen, wo sonst niemand hinsieht. Ihr kümmert euch ja lieber um die schönen Dinge im Leben. Auf euren Bildern glänzt es, auf meinen nicht.
- Kannst du eigentlich noch in den Spiegel schauen? Ein abgehalfterter Fotograf, der sich durchschnorrt. Ist dir das nicht peinlich? Kommst hier an, spielst dich auf, isst und trinkst auf unsere Kosten und quälst uns mit deiner Psychonummer.
- Du hast recht.
- Womit?
- Das Unheil der anderen macht mich satt. Ich bin nicht stolz darauf, aber so ist es nun einmal.
- Du bist ein kranker Spinner, Bronski.
- Mag sein. Aber wenn ich ehrlich bin, macht es mich auch dankbar und zufrieden. Wenn man nämlich oft genug in den Abgrund blickt, lehrt er einen Demut.
- Willst du mich jetzt vollsülzen, oder was?
- In meinem Job habe ich die erste Leiche fotografiert, als

ich ungefähr so alt war wie du jetzt. Es gab eine Massenpanik bei einem Sportevent. Alles drängte Richtung Ausgang, einige stolperten und wurden totgetrampelt oder sind erstickt. Ich war vor Ort, um das Event zu fotografieren, und plötzlich lagen da tote Jugendliche. Ich sehe heute noch ihre Gesichter vor mir.
- Bravo.
- Auf diesem Auge seid ihr leider alle blind. Ihr wollt das Elend da draußen nicht sehen, den Schmutz, das Leid. Ihr retuschiert einfach alles weg.
- Und? Reicht doch, wenn du dich darum kümmerst. Verschwinde einfach von hier, und spiele irgendwo anders mit deinen Leichen.
- Schade.
- Finde ich auch. Ist mir ein Rätsel, wie deine Zeitung jemanden wie dich auf uns loslassen kann. Für mich war's das, Bronski. Ich bin raus, Deal geplatzt. Nerv die anderen, aber mich lässt du ab jetzt in Ruhe.
- Das ist bedauerlich, weil ich vor allem mit dir reden wollte. Über dein neues Album. Ich habe nämlich bereits reingehört und hätte dir gerne gesagt, was ich davon halte.
- Leck mich, Bronski.
- Interessiert dich nicht, was wir darüber schreiben?
- Sag es oder lass es.
- Meine Tussi und ich waren uns einig, dass wir so etwas vorher noch nie gehört haben. Ziemlich krasser Scheiß, den du da produziert hast.
- Ernsthaft?
- Aber ja. Ist ziemlich abgefahren.

- Hätte nicht gedacht, dass ich noch etwas Vernünftiges von dir zu hören bekomme.
- Grenzdebile, frauenfeindliche Texte, miese Beats, kein Gefühl für Rhythmus, von deiner Stimme will ich gar nicht sprechen. Alles in allem ziemlich peinlich, würde ich sagen. Ist mir ein Rätsel, wie sich auch nur ein einziger Follower auf deine Seite verirren konnte.
- Halt jetzt besser deine Schnauze, Bronski.
- Spar dir die Kraftausdrücke. Du bist nämlich nicht authentisch, Junge. Tust so, als wärst du einer von der Straße, hättest alles erlebt, worüber du singst. Die Wahrheit ist, dass du nur ein reiches, verwöhntes Kind in teuren Klamotten bist, das davon träumt, Gangsta-Rapper zu sein. Solltest du also Interesse daran haben, ernst genommen zu werden, nutz die Chance und zeig mir, wer du wirklich bist.
- Ich soll dir zeigen, wer ich wirklich bin?
- Sollst du, ja.
- Na dann, pass mal auf, Arschloch.

DREIUNDZWANZIG

Seine Faust kommt aus dem Nichts.
Es ist komplett aus dem Ruder gelaufen, mir entglitten. Ich habe alles falsch gemacht, was man falsch machen kann. Ich habe ihn provoziert. Anstatt ihn zum Reden zu bringen, habe ich ihn mehr oder weniger dazu aufgefordert, auf mich einzuschlagen.
Ich weiß nicht, was ich gedacht, mir erwartet habe, warum ich mich dazu hinreißen habe lassen, ihn zu beleidigen. Wie ein kleiner Junge habe ich mich benommen. Ich war zornig, wollte es nicht auf mir sitzen lassen, dass er mich angegriffen, sich mir gegenüber feindselig verhalten hat. Ich wollte ihn verletzen. Ihm wehtun.
Und deshalb muss ich jetzt einstecken.
Wie wild prügelt Rapper007 auf mich ein.
Meine Nase bricht.
Meine Haut platzt auf.
Ich schreie.
Laut.
Fluche.

Und schlage zurück.

Doch bevor es eskaliert, kommen die anderen angelaufen, um es zu beenden. BadyBoy, Meandri und der DorfProlet stürmen in den Fitnessraum, in dem ich das Interview aufgezeichnet habe. Der DorfProlet hält den Rapper fest und brüllt mich an, während die beiden anderen ihr Handy zücken und abdrücken.

Ganz selbstverständlich machen BadyBoy und Meandri Bilder und Videos. Die Prügelei ist für sie wie ein Geschenk, jede Sekunde schlachten sie aus. Mit einem Grinsen im Gesicht halten sie fest, wie ich dem Rapper mit der Faust in den Magen schlage, seinen Arm treffe, seine Schulter.

Ich will, dass er in die Knie geht, dass er leidet, seine Strafe bekommt, für jedes falsche Wort, das er gesagt hat.

Doch der Kampf ist vorbei. Das Drama beendet. Der DorfProlet hat ihn am Boden fixiert.

Der Rapper stöhnt, beschimpft mich. Nur mit Gewalt kann er daran gehindert werden, wieder auf mich loszugehen.

Geile Aktion, sagt BadyBoy, während Meandri bereits begonnen hat, ihre Storys ins Netz zu stellen.

Sie verlieren keine Zeit. Gnadenlos nutzen sie die Situation aus. Während ich mich unter Schmerzen aufrichte und mich auf mein Zimmer zurückziehe, um das Blut abzuwischen, sammeln sie ihre Klicks ein und rufen damit Svenja auf den Plan. Nur eine halbe Stunde dauert es, bis sie mich anruft. Mir Fragen in den Leib bohrt.

Svenja hat die Fotos von der Schlägerei auf den Profilen unserer Mordverdächtigen gesehen.

Sie ist fassungslos.

Und rotiert.
Was um Himmels willen treibst du da oben, Bronski?
Regina findet das gar nicht lustig.
Du verprügelst den Kerl in aller Öffentlichkeit?
Ich sage ihr, dass ich nur mit Mühe und Not und mit der Hilfe unseres Proleten verhindern konnte, dass der Rapper mich nicht noch schlimmer zurichtet. Ich versuche ihr klarzumachen, dass ich mehr oder weniger unschuldig bin. Dass ich ihn nur aus der Reserve locken wollte. Sehen wollte, wie weit er gehen würde. Wie gewaltbereit er ist.
Manchmal bist du echt ein Idiot, sagt sie.
Sie ist wütend. Kann nicht verstehen, wie ich es so weit habe kommen lassen.
Anstatt mich zu bedauern, dass mir dieser Drecksack die Nase gebrochen hat, macht sie mir Vorwürfe. Dass ich alles aufs Spiel setze, sagt sie. Dass ich mich aufführe wie ein blutiger Anfänger. Und dass ich nicht in der Lage sei, mich zurückzuhalten.
Svenja übertreibt maßlos.
Ich weiß, dass ich Mist gebaut habe, bin einsichtig, kleinlaut. Doch sie bestraft mich. Scheint die Gelegenheit zu nutzen, mir alles zu sagen, was sie mir schon lange an den Kopf werfen wollte.
Svenja teilt aus.
Sie stellt alles infrage, was ich bin. Zweifelt an dem, wie ich meinen Job mache. Kritisiert mich für das Einzige, das ich wirklich gut kann.
Muss ich dir wirklich die journalistischen Grundregeln erklären?

Kannst du nicht endlich erwachsen werden?
Du versaust es, sagt sie.
Ich taumele.
Jetzt mach aber mal halblang, sage ich.
Dann lege ich einfach auf und schicke ihr die Dateien durch. Sie soll sich das Gespräch anhören und sich selbst ein Bild machen. Svenja soll hören, wie der Rapper das Gespräch von Anfang an torpediert hat. Dass ich etwas tun musste, um ihn aus der Reserve zu locken.
Niemand hätte mit so einer Reaktion gerechnet, so viele habe ich in meinem Leben schon durch meine forsche Art zum Reden gebracht, keiner hat bisher zugeschlagen. Mit so einer Reaktion habe ich nicht rechnen können, das wird Svenja einsehen müssen.
Auch, dass der Rapper vielleicht der Täter ist. Ich sehe vor mir, wie er mit RosaLex in Streit geraten ist und ihr den Schädel eingeschlagen hat. Wütend, weil er sich nicht im Griff hatte. Weil er nicht zum ersten Mal in seinem Leben entgleist ist. Dieser junge Mann im Smoking, er ist eine tickende Zeitbombe. Unkontrollierbar. Brutal.
Ich gehe ins Bad und schaue in den Spiegel.
Betrachte meine Nase und die Platzwunde.
Dann öffne ich die Minibar.

VIERUNDZWANZIG

SVENJA SPIELMANN & DAVID BRONSKI

- Was soll das, Bronski? Warum weckst du mich mitten in der Nacht? Ich dachte, wir haben alles besprochen.
- Haben wir nicht, und das weißt du.
- Wenn du dir nichts von mir sagen lässt, haben wir auch nichts mehr zu besprechen. Wir schlafen und sehen morgen weiter, einverstanden?
- Wir müssen aber jetzt miteinander reden, Svenja.
- Hast du getrunken?
- Die erste Flasche, nachdem wir unser Gespräch beendet haben, die zweite, nachdem ich draußen war. Eine dritte habe ich gerade geöffnet. Ich ertrage das hier sonst nicht.
- Bravo, Bronski. Wir reißen uns hier den Arsch auf, und du besäufst dich. Findest du das fair?
- Du hast keine Ahnung, was hier los ist, Svenja.
- Ich hoffe, es ist wichtig, Bronski. Ich habe gerade mal vier Stunden zum Ausruhen, und du rufst mich an, um mir zu sagen, dass du besoffen bist.
- Du hast die Fotos, die ich dir eben geschickt habe, noch nicht gesehen?

– Nein, habe ich nicht. Bis vor zwei Minuten habe ich nämlich tief und fest geschlafen. Also, was auch immer du hast, es muss bis morgen warten.
– Es ist wieder etwas passiert.
– Was, Bronski?
– Ich war draußen im Schnee. Habe mir die Beine vertreten. Da habe ich das Gepäck der Toten gefunden, ihre Reisetaschen. Jemand hat sie draußen hinter der Scheune verscharrt.
– Was erzählst du mir da?
– Ich war pissen. Ein Gurt hat aus dem Schnee herausgeschaut, dann habe ich zu graben begonnen.
– Und?
– Derjenige, der RosaLex umgebracht hat, wollte auf Nummer sicher gehen. Der Mord sollte unentdeckt bleiben. Hätte ich die Leiche nicht rechtzeitig gefunden, wäre bis zum Frühjahr alles im Verborgenen geblieben.
– So weit waren wir schon, Bronski. Wegen so einer Info musst du mich nicht wecken.
– Habe ich dir irgendetwas getan?
– Du weißt, dass ich es hasse, wenn du betrunken bist. Ruf mich einfach nicht mehr an, wenn du meinst, dass du dich wegballern musst.
– Ich habe nicht nur die Reisetaschen gefunden.
– Willst du, dass ich dich anschreie, Bronski?
– Ganz in der Nähe lag er.
– Wer?
– Der Junge, der auf mich eingeprügelt hat. Er ist tot, Svenja.
– Hör auf damit. Das ist nicht lustig.

- Kein Spaß, Svenja. Jemand hat ihm mit einer Axt den Schädel gespalten. Vielleicht schaust du dir doch die Bilder an.
- Gib mir eine Sekunde.
- Das ist ein verdammter Albtraum. Hier läuft tatsächlich jemand herum und bringt Leute um.
- Scheiße!
- Ich habe schon viel gesehen in meinem Leben, aber das ist krass.
- Da muss ich dir leider recht geben. Ich habe die Bilder gerade geöffnet. Und ich weiß nicht, was ich sagen soll. Mit einer gottverdammten Axt, Bronski. Das ist abartig.
- Dir ist klar, wie das auf den ersten Blick aussieht, oder?
- Was meinst du?
- Ich hatte Streit mit ihm. Er hat mir die Nase gebrochen. Ich war wütend.
- Aber deshalb spaltest du doch niemandem den Schädel.
- Das weißt du, und das weiß ich. Aber für die anderen hier könnte es so aussehen, als wäre ich es gewesen, der ihn umgebracht hat. Sie sind alle völlig geschockt. Wenn du sie sehen könntest, wärst du dir nicht mehr so sicher, dass einer von ihnen dafür verantwortlich ist.
- Du beginnst, daran zu zweifeln?
- Als ich ihnen die Bilder vom Rapper gezeigt habe, sind sie alle in die Knie gegangen. Nicht nur die Frauen, sondern auch BadyBoy und der DorfProlet. Ihre Reaktion war so echt. Das Entsetzen in ihren Augen. Sie konnten es alle nicht fassen.
- Sie haben die Leiche nicht live gesehen? Sie haben also keine eigenen Bilder gemacht?

- Sie haben nicht mitbekommen, wie ich nach draußen bin. Und als ich ihnen die Fotos gezeigt habe, sind sie gleich auf ihre Zimmer verschwunden. Sie haben mich angestarrt, als hätte ich noch die Axt in der Hand.
- Wollten sie den Toten nicht mit eigenen Augen sehen?
- Sie hatten Angst vor mir, Svenja. Für sie bin ich der Mörder. Ich bin derjenige, der hier mit einer Todesnachricht angekommen ist und ihnen ein Foto von RosaLex gezeigt hat. Und vor einer Stunde habe ich ihnen das nächste Bild gezeigt. Für sie bin ich der Psychopath.
- Das ist doch Unsinn. Du weißt genauso gut wie ich, dass es nur einer von ihnen gewesen sein kann. Außer euch ist niemand da oben. Und solange die Rettungsmannschaften nicht starten können, bist du mit diesen Leuten völlig allein. Einer von ihnen ist ein verdammter Killer.
- Und was, wenn es doch jemand von außen ist? Wenn da in den Wäldern jemand ist, der sich vorgenommen hat, hier ein Blutbad anzurichten. Möglich wäre es, oder?
- Du weißt, dass das Quatsch ist. Außer dem Chalet und deinem abgefackelten Blockhaus ist da oben nichts. Niemand überlebt auf Dauer da draußen in der Kälte. Es muss einer von deinen Schützlingen gewesen sein.
- Aber du hättest sie sehen sollen.
- Solidarisierst du dich etwa mit ihnen? Wirst du jetzt weich?
- Ich glaube irgendwie nicht mehr daran, Svenja.
- Führe die Interviews zu Ende, dann sehen wir weiter. BadyBoy steht noch aus. Und was du mir von YogaBine geschickt hast, ist äußerst dürftig. Das sind nur ein paar Minuten, scheint so, als wäre die Datei kaputt. Wir brauchen unbe-

dingt mehr Material von ihr, du musst sie in die Mangel nehmen, Bronski.
- Vielleicht war das doch alles keine so gute Idee.
- Doch, war es. Deshalb darfst du jetzt auch nicht schlappmachen, wir haben die komplette Serie durchgeplant. Sobald es hell wird, müssen wir wieder liefern, vor allem nach dem, was jetzt passiert ist. Da wir das Fotomaterial exklusiv haben, sollten wir gut überlegen, was wir damit anstellen.
- Was meinst du?
- Wir können solche Bilder in unserer Zeitung nicht veröffentlichen. Die Influencer auf ihren Portalen aber schon.
- Ich soll ihnen die Bilder geben?
- Wir sollten darüber nachdenken, ja.
- Nein, Svenja. Wir sollten uns lieber Gedanken darüber machen, wie wir das überleben. Ich habe nämlich keine Lust, hier oben zu sterben.
- Du wirst nicht sterben.
- Wer sagt das? Du hast das nicht gesehen, Svenja. Die Fotos werden dem nicht gerecht, was passiert ist.
- Hast du den Tatort irgendwie gesichert?
- Ich habe die Leiche mit einer Plane zugedeckt.
- Du solltest mit Weichenberger reden. Ruf ihn an, Bronski. Sag ihm, was passiert ist, und schick ihm die Fotos. Wir können die Polizei jetzt nicht mehr außen vor lassen. Im Moment erfahren sie nur aus der Zeitung, was bei euch los ist. Anna sagt, dass Weichenberger vor Wut schäumt.
- Ruf du ihn an, Svenja.
- Er will aber mit dir reden. Dir wahrscheinlich sagen, dass du keine Spuren verwischen und ihn haarklein über alles

informieren sollst. Ich bin selbst nicht heiß darauf, aber wir müssen ihn ab sofort ins Boot holen.
- Ich muss gar nichts, Svenja.
- Jetzt reiß dich zusammen. Wir ziehen das gemeinsam durch.
- Nein.
- Was soll das heißen?
- Du weißt, was du wissen musst. Mehr kann ich im Moment nicht tun. Deshalb werde ich mir jetzt noch die letzte Flasche aufmachen. Ist das Einzige, das hilft.
- Du wirst dich jetzt nicht schon wieder verpissen, Bronski.
- Doch, werde ich. Und weißt du auch, warum? Weil du es nicht hören willst.
- Was will ich nicht hören?
- Ich kann nicht mehr, Svenja.

FÜNFUNDZWANZIG

Zum zweiten Mal an diesem Abend lege ich einfach auf.
Svenja ist in diesem Moment unendlich weit weg. Sie ist mir fremd. Ihre Kälte. Es kränkt mich, dass sie kein Mitgefühl zeigt. Sich nicht in meine Situation hineinversetzen will. Sie gibt mir nicht im Ansatz das, was ich mir von ihr wünsche. Versucht nicht einmal, zu verstehen, was es mit mir gemacht hat, diesen Verrückten zu finden.
Wie sehr es mich aufwühlt.
Mich lähmt.
Obwohl ich mein ganzes Leben lang mit Toten zu tun hatte, schleudert es mich komplett aus der Spur. Dass jemand den Jungen umbringt, dem ich noch vor wenigen Stunden erst die Pest an den Hals gewünscht habe.
Ich frage mich, ob ich dazu beigetragen habe, ob ich irgendwie Mitschuld trage an seinem Tod. Ob ich in eine offene Wunde gestoßen und etwas in Gang gesetzt habe, das hätte verhindert werden können.
Habe ich ihn auf dem Gewissen?
Dieser Psychopath hat ihn umgebracht, haben sie gesagt.

Seit er auf diesem Berg ist, stirbt einer nach dem anderen.
Zuerst haben sie mir nicht geglaubt, als ich ins Wohnzimmer gekommen bin, um ihnen zu sagen, was passiert ist. Sie wollten nach draußen stürmen, es selbst sehen. Doch ich habe sie davon abgehalten. Sie gezwungen zu bleiben.
Sie sollten den Tatort nicht verwüsten. Ich habe sie angefleht, vernünftig zu sein, ihnen erklärt, was es bedeuten würde, wenn sie ihre Spuren am Ort des Verbrechens verteilten.
Niemand geht auch nur in die Nähe des Toten, habe ich gesagt.
Wenn ihr keine Schwierigkeiten bekommen wollt, bleibt ihr hier.
Ich habe es geschafft, sie im Zaum zu halten.
Ich habe ihnen von den Reisetaschen erzählt. Davon, dass ich mehr oder weniger über den Rapper gestolpert bin. Und ich habe ihnen die Fotos gezeigt.
Es tut mir leid, sagte ich.
Ich weiß auch nicht, warum das alles passiert.
Wer so etwas macht.
Ich habe gestottert. Die Worte nur schwer auf die Welt gebracht.
Von Sekunde zu Sekunde wurde es stiller im Raum.
Sie versuchten zu verstehen.
Draußen vor dem Haus liegt eine weitere Leiche.
Mit gespaltenem Schädel im blutigen Schnee.
Zugedeckt mit einer Plastikplane.
Langsam begriffen sie.
Dass noch jemand umgebracht wurde.

Einer von ihnen.
Dieser Mistkerl.
Rapper007.
Nach der Rauferei hatte ich mir überlegt, was ich tun würde, wenn ich ihm wiederbegegne. Auf der einen Seite wollte ich ihm wehtun, ihm heimzahlen, dass er mich angegriffen hat. Auf der anderen Seite wollte ich den Konflikt nicht weiter schüren. Ich wollte es beenden, mich wie ein Erwachsener benehmen. Mich vielleicht bei ihm für meine Provokationen entschuldigen.
Weil ich mich dafür geschämt habe.
Als ich ihn da im Schnee liegen sah, habe ich mich verflucht. Dafür, dass ich es nicht ernst genug genommen habe. Ich habe den Tatort und die Leiche fotografiert. Routiniert wie immer bin ich um den Toten gekreist und wollte mir einreden, dass dieses Blutbad nichts mit mir zu tun hat.
Die Vorstellung, dass ich es vielleicht hätte verhindern können, martert mich. Ich frage mich, ob ich sie hätte voneinander trennen und dafür Sorge tragen müssen, dass sie auf ihren jeweiligen Zimmern bleiben, bis die Polizei kommt.
Immer noch sehe ich das viele Blut vor mir.
Ich bin komplett überfordert.
Sehne mich nach Trost.
Svenja.
Aber sie denkt nur an die Story, die sie weiterschreiben will. Sie geht davon aus, dass ich die Leiche mit der gleichen Gelassenheit wegstecke wie all die anderen in den letzten Jahren. Denkt nicht daran, dass ich zusammenbrechen könnte.

Dass ich Panikattacken habe.
Todesängste.
Ich bin nicht mehr der harte Hund, dem nichts etwas anhaben kann.
Vor drei Tagen noch hätte ich einfach meinen Job gemacht. Noch vor einer Stunde habe ich selbst gedacht, dass ich so weitermachen könnte. Jetzt aber verliere ich immer mehr den Boden unter den Füßen. Ich habe für YogaBine die Wahrheit verdreht.
Ich wollte sie schützen und habe Svenja belogen.
Alles entgleitet mir.
Da ist nur der Champagner, der alles leichter macht. Mich dazu bringt, Dinge zu tun, die ich sonst niemals tun würde.
Ich gebe mich dem Rausch hin, damit ich die Angst nicht mehr spüre. Dem Rausch und diesem Gefühl, obwohl ich weiß, dass es mich noch tiefer in den Abgrund zieht.
Anstatt das Licht auszudrehen und zu versuchen zu schlafen, verlasse ich mein Zimmer und schleiche über den Flur. Ich will nicht mehr darüber nachdenken. Möchte alles ausblenden. Vergessen.
Deshalb klopfe ich an ihre Tür.
Aus Hilflosigkeit tue ich es.
Sabine ist mir näher als irgendjemand sonst in diesem Moment.
Ohne Worte bittet sie mich herein.
Sie zittert.
Besteht darauf, dass wir die Tür von innen absperren.
Lange stehen wir einfach nur da.
Schauen uns an.

Danke, sagt sie.
Für alles.
Dann kommt sie auf mich zu.
Ich weiche ihr nicht aus.

SECHSUNDZWANZIG

BADYBOY & DAVID BRONSKI

- Hunger, Bronski? Oder was treibt dich sonst um fünf Uhr morgens in die Küche?
- Was zu essen würde mir nicht schaden, denke ich.
- Ich brate uns ein paar Spiegeleier und Speck, einverstanden?
- Das wäre wunderbar.
- Nach dem, was passiert ist, ist es kein Wunder, dass alle im Haus wach sind.
- Sie sind wach?
- Natürlich. Niemand will der Nächste sein. Einschlafen und vielleicht nie wieder aufwachen. Wir haben alle Angst davor, genauso abgeschlachtet zu werden wie unser Rapper.
- Ist es in Ordnung für dich, wenn ich unser Gespräch aufzeichne? Wenn wir schon ungestört sind, können wir unser erstes Interview gleich hinter uns bringen.
- Bist du sicher, dass das klug ist? Du schickst diese Datei dann zu deiner Freundin nach Berlin, richtig?
- Du kannst dich auf Svenja verlassen, sie macht einen guten Job. Am Ende geht es nur um ein paar Zitate von dir und darum, dass sie ein Gefühl für die Sache bekommt.

- Svenja wird aber keine Freude haben, wenn sie hört, worüber wir gleich reden werden.
- Und das wäre?
- Wenn du das Diktiergerät laufen lässt, wird sie zwangsläufig erfahren, dass du dich heute Nacht im Zimmer unserer Fitnessgöttin herumgetrieben hast.
- Kein Ahnung, was du meinst.
- YogaBine ist heiß, ich kann dich verstehen, so ein Körper bringt einen um den Verstand. Man kann nicht mehr klar denken und vergisst schon mal, was einem sonst wichtig ist.
- Ich war nur bei ihr, um mit ihr zu reden.
- Leider stimmt das nur bedingt, Bronski. Ich war draußen auf der Terrasse und habe geraucht. Ich konnte gar nicht anders, als hinzusehen, und was die Vorhänge betrifft, die hat die kleine Bitch wohl absichtlich offen gelassen.
- Wie lange bist du da draußen gestanden?
- Die ganze Zeit über. So etwas kann ich mir doch nicht entgehen lassen. Wobei ich mir ehrlich gesagt gewünscht hätte, ich wäre der Glückliche gewesen, dem du deine Zunge in den Hals steckst.
- So wie das vielleicht ausgesehen hat, war es nicht. Es ist nichts passiert. Nichts, worüber wir reden müssten.
- Aber warum denn nicht? Schämst du dich dafür? Tut es dir leid? Hast du ein schlechtes Gewissen? Als du losgelegt hast, hat es für mich nicht danach ausgesehen. Aber wer weiß schon so genau, wie die Menschen ticken.
- Ich habe einen Fehler gemacht.
- Was Sexualität betrifft, verurteile ich niemanden. Außer-

dem baut BadyBoy selbst genug Scheiße. Ich bin auf keinen Fall derjenige, der den Zeigefinger erhebt.
- Aber du hast Fotos gemacht, oder?
- Selbstverständlich habe ich das. Dachte mir, dass es nicht schaden kann, etwas gegen unseren Herrn Kommissar in der Hand zu haben.
- Du musst die Bilder löschen.
- Und warum sollte ich so etwas Verrücktes tun?
- Weil du gesehen hast, was passiert ist.
- Was ist denn deiner Meinung nach passiert?
- Ich habe abgebrochen. Wenn du so willst, bin ich zur Vernunft gekommen, habe mich bei Sabine entschuldigt und das Zimmer verlassen.
- Auf den Fotos, die ich gemacht habe, sehe ich etwas anderes. Und zwar zwei mehr oder weniger nackte Menschen, die sich gegenseitig ablecken. Ich würde sagen, ihr wart voll in Fahrt. Ob du sie tatsächlich gefickt hast oder nicht, wird auch deiner Svenja egal sein. Für sie reicht es wahrscheinlich schon, dass du sie geküsst hast. Sie berührt hast. Sie empfindet das bestimmt nicht als vertrauensbildende Maßnahme.
- Deshalb bitte ich dich noch einmal, die Bilder zu löschen. Niemand darf das sehen. Ich würde alles verlieren, was mir wichtig ist.
- Es ist rührend, wie du dich um sie bemühst. Dir scheint wirklich etwas an ihr zu liegen. Bist vom voll gedeckten Tisch aufgestanden und hast verzichtet. Beeindruckend, Bronski. So konsequent war ich in meinem ganzen Leben nicht. Wenn ich die Gelegenheit bekommen habe, habe ich immer zugeschlagen.

- Könntest du mir bitte diesen einen Gefallen tun?
- Die Bilder werden mir einiges an Aufmerksamkeit bringen. Wenn die nur halb so einschlagen wie die von der Schlägerei, wird das der Knaller.
- Ich war betrunken, bin es immer noch. Was mit dem Rapper passiert ist, hat mich vollkommen aus der Spur geworfen.
- So aus der Spur, dass du schnell mal vögeln wolltest?
- Wenn du die Fotos löschst, gebe ich dir die Bilder vom Tatort. Du wärst außer mir und der Redaktion der Einzige, der sie hat. Solltest du sie als Erster veröffentlichen, werden sich alle auf deiner Seite tummeln und keiner mehr auf denen der anderen. Ich würde sagen, das katapultiert dich ordentlich nach vorne. Das würdest du mit den Fotos von YogaBine und mir nicht mal ansatzweise schaffen.
- Du willst mir also ein Geschäft vorschlagen?
- Musst nur dein Bluetooth einschalten, dann schiebe ich dir die Bilder rüber.
- Gefällt mir.
- Du löscht sie also?
- Du hast mich überzeugt. Also, los geht's. Kannst gerne dabei zusehen. Eins, zwei, drei, alles weg. Auch aus dem Papierkorb. Zwischen dir und YogaBine ist nie etwas vorgefallen. BadyBoy sorgt entgegen seiner Natur dafür, dass du keine Probleme bekommst. Zumindest nicht mit mir. Was YogaBine davon hält, dass du sie zuerst scharfgemacht und dann zurückgewiesen hast, will ich mir allerdings nicht vorstellen. Unsere zwei Frauen im Haus können ganz schön garstig sein.

- Ich werde mit ihr reden. Sie wird es verstehen.
- Wird sie das? An deiner Stelle wäre ich mir da nicht so sicher. Nicht jeder kann mit Zurückweisungen so gut umgehen wie ich.
- Und nicht jeder macht so gute Spiegeleier mit Speck.
- Schmeichler. Du hast doch schon, was du willst, musst mir also keinen Honig mehr ums Mäulchen schmieren.
- BadyBoy, BadyBoy. Dein Name wird dir nicht gerecht. So böse bist du doch gar nicht. Scheinst ein gutes Herz zu haben.
- Täusch dich da mal nicht.
- Und du scheinst dich vor nichts zu fürchten.
- Wovor sollte ich mich auch fürchten? Ich habe niemandem etwas getan. Folglich gibt es auch keinen Grund, mir Sorgen zu machen.
- Du hast also keine Angst, dass dich jemand töten könnte?
- Nein, habe ich nicht.
- Erstaunlich. Alle andere sperren sich in ihren Zimmern ein, du aber stehst mitten in der Nacht allein in der Küche und hast ein Lachen im Gesicht.
- Ich denke, dass wir hier im Haus sicher sind.
- Und warum denkst du das?
- Weil niemand hier von uns für dieses Massaker verantwortlich ist. Das war keiner von uns, Bronski.
- Und wer war es dann?
- Keine Ahnung. Irgendein Stalker, ein Verrückter, der da draußen herumläuft und darauf wartet, dass einer von uns in seine Gasse kommt.
- Da draußen gibt es keine Gasse, keine Hütte, kein Versteck.

Es ist zu kalt, man kann dort nicht überleben. Tatsache ist, dass wir die einzigen Menschen hier oben sind. Nach wie vor ist es unmöglich, mit dem Helikopter zu starten. Die Straßen und Wege sind nicht passierbar. Solange es so weiterschneit, sind wir hier allein. Heißt, dass der Mörder hier im Haus sein muss.
- Die Frauen schließt du aus?
- Du würdest es ihnen zutrauen?
- Wäre ich nicht überzeugt davon, dass uns jemand von außen ans Leder will, würde ich sagen, dass Meandri, aber auch YogaBine absolut das Zeug dazu hätten, jemandem den Schädel einzuschlagen oder zu spalten. Du hast doch gehört, dass sie als Kind dabei waren, wie Schweine geschlachtet wurden. Die Mädels haben Potenzial, glaub mir.
- Einen Mord zu begehen, ist was anderes.
- Du sprichst aus Erfahrung?
- Ich möchte nur sagen, dass es leichter ist, darüber zu reden und es sich vorzustellen. Um es wirklich zu tun, braucht es mehr, als ein paar Krimis gelesen zu haben. Derjenige, der dem Rapper da draußen die Axt in den Kopf getrieben hat, muss schon ziemlich abgebrüht sein.
- Du hast mittlerweile alle kennengelernt, oder? Wir sind zwar äußerst verwöhnte und selbstgefällige Spinner, aber keiner von uns hat so ein Rad ab, dass er innerhalb von zwei Tagen zwei Menschen tötet. Ich würde darum wetten, dass keiner von uns etwas mit diesen grausamen Morden zu tun hat.
- Ich wette nicht.
- Schade.

– Vielleicht wäre es sinnvoller, wenn du mir etwas über dich erzählst. Irgendetwas über deine Vergangenheit, Kindheit, Ausbildung. Wie wurdest du zum Influencer? Warum machst du, was du machst? Ich schalte jetzt das Aufnahmegerät ein, und wir beginnen noch mal von vorne. Einverstanden?
– Wie du willst, Bronski.

SIEBENUNDZWANZIG

Ich hatte das Gefühl unterzugehen.
Doch BadyBoy zieht mich wieder an Land. Obwohl sich für mich alles so anfühlt, als würde die Welt auseinanderbrechen, gibt er mir das Gefühl von Hoffnung. Er versprüht eine Leichtigkeit, die mir guttut, und rettet mich über die Nacht, die für mich zum Albtraum geworden ist.
Lass dir die Spiegeleier schmecken, sagt er.
Und trink noch einen Schluck.
Vielleicht ist es dein letzter.
BadyBoy grinst.
Ich versuche zu lächeln. Aber es quält mich, was ich getan habe. Es ist unverzeihlich, dass ich in YogaBines Zimmer gegangen bin.
Als BadyBoy mir die Bilder zeigte, auf denen ich halb nackt mit Sabine zu sehen war, habe ich kaum noch Luft bekommen.
Ich würde alles dafür geben, um die Zeiger auf der Uhr zurückzudrehen. Ich habe alles falsch gemacht. Zuerst habe ich mich mit Sabine eingelassen, dann habe ich sie zurückgewie-

sen. Sie gedemütigt. Ich bin aus ihrem Zimmer geflohen und habe mich in meinem eigenen verkrochen.

Wütend, allein, betrunken und verzweifelt in meinem Bett mit all den Gedanken und Bildern, die ich nicht loswerden konnte.

Der tote Rapper.

Sein gespaltener Kopf.

Das viele Blut.

Sabines Haut.

Ihr Mund.

Ich wollte alles vergessen und schlafen, abtauchen in die Dunkelheit. Doch da war kein erlösender Schlaf, kein Ausweg, niemand hat auf die Stopptaste gedrückt und es beendet. Zwei Stunden lang habe ich mich in meinem Bett hin- und hergewälzt. Dann bin ich aufgestanden, habe geduscht, mich wieder angezogen und meinen Computer geöffnet. Ich bin ins Netz eingetaucht und habe alles gelesen, was über uns geschrieben wurde. Svenjas Artikel, aber auch jene in den anderen Zeitungen.

Das Rätsel um den Tod von RosaLex bestimmt die Nachrichten. Dass einer der Influencer wahrscheinlich der Mörder ist, gehört zu den Topmeldungen.

Trotzdem glaube ich nicht mehr daran.

Genauso wenig wie BadyBoy. Er ist überzeugt davon, dass die Gefahr außerhalb des Hauses lauert. Und er hat womöglich recht.

Ich glaube nicht mehr daran, dass einer von ihnen wirklich dazu in der Lage ist, zu morden. Es sind beinahe noch Kinder, junge Erwachsene. Übermütig und überheblich, ja. Aber diese Kaltschnäuzigkeit sehe ich bei keinem von ihnen. Niemand hier ist zu diesem Blutbad fähig, das ich versuche, mit Gewalt zu verdrängen.

Was wird medial passieren, wenn Svenja die Bombe um den Tod von Rapper007 platzen lässt? Wenn BadyBoy die Bilder postet, die ich gemacht habe?

Wir servieren den Mord zum Frühstück, hat er gesagt.

Und dann begonnen, über sein Leben zu erzählen.

Er ist schonungslos ehrlich.

BadyBoy.

Sein richtiger Name ist Thorsten Lang.

Er ist der einzige Sohn reicher und konservativer Eltern. Aufgewachsen in Blankenese, einer Villengegend am Hamburger Elbstrand. Beste Schulausbildung, sein Lebensweg war vorgezeichnet, seine Zukunft war in goldenes Licht getaucht. Bis zu seinem Outing. Es kam zum Streit mit seinen Eltern, sie haben ihn verstoßen und alle finanziellen Mittel gestrichen. Thorsten hat trotzdem seinen Weg gefunden.

Er wurde Sexarbeiter.

Dann Influencer.

Er hat sich zuerst in eine ausweglose Situation manövriert und sich dann selbst wieder aus dem Dreck gezogen. Vom Stricher zum Internetliebling. Er offenbart seine Sexualität, spricht ohne Hemmungen über Tabus, präsentiert Sexspielzeug, Lack und Leder, Bondage. BadyBoy spielt auf der Klaviatur der Prüden, die sich nach Abenteuern sehnen, er gewährt den Neugierigen Einblicke in die Welt, in der er sich jahrelang bewegt hat. Rotlicht, Kleinkriminalität, Zuhälterei, Betrug.

BadyBoy spielt den liebenswerten Bösen.
Ich mag ihn.
Bleibe wach mit ihm.
Wir trinken Kaffee und Energydrinks.
Keinen Alkohol mehr, weil ich wieder klar denken will. Und mich um ein paar Dinge kümmern muss, bevor der Tag beginnt und möglicherweise doch noch alles eskaliert.
Du solltest nach YogaBine sehen, sagt er.
Sie um Verzeihung bitten.
Das ist deine einzige Chance.
Und BadyBoy hat recht.
Ich muss zu Sabine.
Darf mich nicht einfach davonschleichen, so tun, als wäre nichts geschehen. Ich muss mich entschuldigen und gemeinsam mit ihr einen Weg finden, damit umzugehen. Noch bevor sich alle wieder im Wohnzimmer treffen, muss ich mit ihr reden.
Ich drück dir die Daumen, höre ich BadyBoy noch sagen.
Dann gehe ich mit einem flauen Gefühl im Magen die Treppen nach oben. Klopfe an die versperrte Türe. Nichts passiert. Auch nicht, als ich beginne, ihren Namen zu rufen und mit den Fäusten an die Tür zu schlagen. Kein Laut kommt aus dem Inneren des Zimmers. Also gehe ich über die Bibliothek auf die Terrasse, dorthin, wo BadyBoy gestanden haben muss, als er die Fotos von uns gemacht hat. Und eine Ahnung begleitet mich.
Noch bevor ich das zerbrochene Glas am Boden sehe, weiß ich, was passiert ist. Es bleibt keine Zeit zum Durchatmen. Die Scheibe wurde von außen eingeschlagen. Die Terrassentür steht weit offen.

Ich betrete das Zimmer.
Sabines Bett ist leer.
Wieder rufe ich ihren Namen.
Doch ich bekomme keine Antwort mehr.

ACHTUNDZWANZIG

ANNA DRAGIC & DAVID BRONSKI

- Wie oft soll ich dich denn noch anrufen, Bronski? Wenn du den verdammten Anruf nicht annimmst, kann ich dir nicht helfen.
- Mir kann niemand mehr helfen, Anna.
- Was zur Hölle ist los mit dir? Warum lässt du mich das alles alleine ausbaden. Franz ist sauer. Ich kann nichts mehr tun, um ihn zu besänftigen. Wenn du nicht bald mit ihm sprichst, bringst du mich in eine sehr unangenehme Lage.
- Tut mir leid, Anna. Aber mir fliegt hier gerade alles um die Ohren.
- Du sollst mit ihm reden und seine Fragen beantworten. Zweimal am Tag rufst du ihn an und bringst ihn auf den neuesten Stand.
- Sag ihm, dass er sich auf mich verlassen kann. Sag ihm, ich habe alle Spuren gesichert. Er wird alles so vorfinden, wie ich es vorgefunden habe.
- Du verstehst nicht, Bronski. Fotos vom Tatort und den Opfern werden in eurer Zeitung veröffentlicht und auf den

Seiten der Influencer tausendfach geteilt. Was ihr da oben macht, behindert seine Ermittlungen.
- Nicht wir behindern die Ermittlungen, sondern dieser verdammte Schneesturm. Ich bin nicht freiwillig hier. Ich reiß mich nicht darum, zuzusehen, wie einer nach dem anderen umgebracht wird. Und ich bin auch nicht verantwortlich dafür, was die Leute hier posten. Ich kann ihnen das nicht verbieten. Ich kann nur dafür sorgen, dass nicht alles komplett aus den Fugen gerät, bevor Hilfe kommt.
- Verkauf uns nicht für blöd. Ihr schlagt Profit aus der Situation. Und mit eurer Berichterstattung beeinflusst ihr auch das weitere Geschehen. Im Grunde steuert ihr es, und das ist nicht gut, Bronski. Wer weiß, was noch alles passiert, wenn du dir nicht helfen lässt.
- Weichenberger kann mir nicht helfen.
- Vielleicht ja doch. Immerhin ist er seit über dreißig Jahren bei der Kripo. Er kann dir sagen, was in der jetzigen Situation klug ist und was nicht.
- Du verstehst das nicht, Anna. Die Dinge passieren hier einfach. Niemand fragt mich, ob ich bereit für die nächste Katastrophe bin. Ich steuere dieses Schiff nicht, ich bemühe mich einfach nur, an Deck zu bleiben und nicht unterzugehen.
- Ich setze mich hier unten für dich ein, Bronski. Aber du fotografierst und schickst Bilder nach Berlin. Mich persönlich stört das nicht, aber Franz schon. Er ist wütend. Er möchte mit dir reden. Und zwar jetzt sofort.
- Ich werde ihn anrufen.
- Wann?
- Bald.

- Du solltest dir nicht zu viel Zeit lassen. Sonst legen die Kids dich auch noch um.
- Die Kids waren das nicht.
- Ach, komm schon, Bronski. Svenja hat also recht. Du solidarisierst dich bereits mit ihnen.
- Das war keiner von denen, Anna.
- Wer denn sonst? Du musst jetzt verdammt noch mal klar im Kopf bleiben. Du musst jederzeit damit rechnen, dass sie erneut zuschlagen. An deiner Stelle würde ich keinen Schritt mehr ohne Waffe machen. Geh in die Küche und hol dir ein Messer. Sollte es hart auf hart kommen, kannst du dich wenigstens wehren.
- Da draußen muss noch jemand sein. Keine Ahnung, wie er es macht, in der Kälte zu überleben, aber ich werde ihn finden.
- Dreh jetzt bitte nicht durch, kleiner Bruder.
- YogaBine ist verschwunden. Jemand ist von außen in ihr Zimmer eingedrungen und hat sie mitgenommen. Von außen, hörst du, Anna? Die Scheibe wurde eingeschlagen. Er ist über die Terrasse im ersten Stock gekommen, hat sie mitgenommen. Ich habe keine Ahnung, was mit ihr passiert ist.
- Was erzählst du da, Bronski? Wann ist das passiert?
- Gerade eben. Noch bin ich der Einzige, der davon weiß. Die anderen sind auf ihren Zimmern.
- Noch eine Leiche? Das kann jetzt nicht dein Ernst sein, oder?
- Ich weiß nicht, ob sie tot ist, ich weiß nur, dass sie nicht mehr da ist. Sie hatte sich im Zimmer eingesperrt wie die

anderen. Ich wollte nach ihr schauen, aber sie war nicht mehr da. Sie ist wie vom Erdboden verschluckt.
- Wann hast du sie zuletzt gesehen?
- In der Nacht, ich weiß nicht, vielleicht gegen zwei Uhr. Sie wollte schlafen gehen. Dass sie freiwillig das Zimmer verlassen hat, schließe ich aus.
- Und die anderen sind noch auf ihren Zimmern?
- Alle bis auf BadyBoy. Wir waren zusammen in der Küche, haben was gegessen und uns unterhalten. Danach bin ich zu ihr.
- Das klingt nicht gut, Bronski, gar nicht gut. Du solltest so schnell wie möglich Alarm schlagen, überprüfen, ob sonst noch jemand fehlt. Weck die anderen auf und treib sie aus dem Haus. Achte darauf, wer von ihnen sich komisch verhält. Ich bleibe dabei. Einer von deinen neuen Freunden ist ein Killer, und wenn du nicht verdammt nochmal aufpasst, bist auch du bald an der Reihe.
- Sie brauchen mich, Anna. Auch wenn du recht hättest, ich muss mir keine Sorgen um mich machen. Ich bin das Bindeglied zur Redaktion.
- Du willst es nicht kapieren, oder? Wir reden hier von einem durchgeknallten Psychopathen, der anderen den Schädel einschlägt. Ob du ein gottverdammtes Bindeglied bist oder nicht, spielt keine Rolle. Du wirst sterben, wenn du nicht endlich aufwachst und mit Franz telefonierst. Verstehst du das?
- Ich muss jetzt auflegen.
- Sei endlich vernünftig, Bronski.
- Dafür ist es leider zu spät, Anna.

NEUNUNDZWANZIG

Ich mache weiter.
Befolge aber zumindest ansatzweise Annas Rat.
Nachdem ich Svenja mit einer Sprachnachricht auf den neuesten Stand gebracht habe, hämmere ich an sämtliche Türen und warte darauf, bis sie reagieren, aufmachen, fluchen, mich anschreien.
Was soll das, Bronski?
Hast du jetzt völlig den Verstand verloren?
Meandri im Bademantel vor mir.
Alles an ihrem Verhalten sagt mir, dass sie keine Ahnung hat, wieso ich sie so früh zusammenrufe. Sie ist überrascht, verärgert, ungeduldig, will wissen, wieso ich so aufgebracht bin.
Was ist los, verdammt nochmal?
YogaBine, sage ich.
Wir müssen sie suchen.
Ich wecke den DorfProleten, finde BadyBoy noch im Wohnzimmer.
Erzähle allen, was passiert ist.

Ungläubig starren sie mich an. Vorwurfsvoll. Sie zögern, fragen sich, ob ich etwas mit dem Verschwinden zu tun habe.
Ich kann nicht in sie hineinschauen, kann nur vermuten und auf meinen Bauch hören, hoffen, dass ich recht habe.
Dass sie alle unschuldig sind.
Bald bist du an der Reihe, hat Anna gesagt.
In zwanzig Metern Höhe tanze ich auf einem Seil, da ist kein Netz. Ich vertraue darauf, dass ich das Richtige tue, dass niemand mir ein Messer in den Rücken rammt.
Entgegen Annas Rat ergreife ich keine Vorsichtsmaßnahmen, ich bewaffne mich nicht und frage mich auch nicht mehr, wem von den drei Verbliebenen ich es zutrauen würde.
Der Mörder ist irgendwo da draußen, sage ich.
Überrascht schauen sie mich an und folgen mir ins Freie.
Der vierte Tag in dieser Schneehölle beginnt, und immer noch schneit es. Ohne Pause fallen Flocken vom Himmel. Kleinere zwar, aber sie fallen. Decken alles zu, verwischen Spuren, verbergen Verbrechen. Von der Plane, mit der ich Rapper007 zugedeckt habe, ist nichts mehr zu sehen. Seine Leiche liegt unter dem Schnee begraben.
Seit es zu schneien begonnen hat, sind bestimmt zwei Meter zusammengekommen. Leichter, trockener Schnee, der sich zwar leicht bewegen lässt, aber dafür sind es Massen davon. Wie ich am eigenen Leib erfahren habe, ist ein Fortkommen darin sehr kräftezehrend, und einen verletzten, bewusstlosen oder vielleicht sogar toten Menschen darin zu transportieren, ist quasi unmöglich.
YogaBine muss hier irgendwo sein.
Es muss Spuren geben, wenn jemand den Tiefschnee abseits

der Wege betreten hat. Von dem Fremden, von dem ich mittlerweile überzeugt bin, dass es ihn gibt. Wenn er sich von außen dem Haus genähert hat, muss man es sehen können.
Wir müssen auf jede Kleinigkeit achten, sage ich.
Auf jede ersichtliche Vertiefung unter dem frischen Schnee.
Irgendwo muss YogaBine sein. Sie kann sich nicht in Luft aufgelöst haben.
Wir schwärmen aus.
Die Sorge um Sabine treibt alle an, die Angst davor, dass wieder etwas passiert sein könnte. Die Hoffnung, dass dem nicht so ist. Ich kann es in ihren Augen sehen. Jeder will YogaBine lebend finden. Keiner will noch eine Leiche sehen. Noch mehr Blut.
Die Handys bleiben stecken. Niemand macht Fotos. Alle suchen.
Beginnen wieder von vorn.
Während sich die anderen die Scheune vornehmen, verschwinde ich noch einmal im Haus.
Ob es ihnen passt oder nicht, ich durchsuche jedes Zimmer. Sogar die Wäschekörbe öffne ich, den Kühlschrank, die Tiefkühltruhe, den Heizungsraum. Dann kehre ich wieder zu ihnen zurück.
Ein letzter Funke von Vernunft flammt mit einem Mal in mir auf. Mein Instinkt sagt mir, dass ich zwar richtigliege, aber die Möglichkeit, dass es anders sein könnte, nicht zu hundert Prozent ausschließen darf.
Ich muss sie alle im Auge behalten.
Jeden Moment kann etwas passieren.
Auch mir.

Bleib wachsam, verdammt nochmal.
Du kannst es dir nicht leisten, noch einen Fehler zu machen.
Ich höre Anna, wie sie mich wieder und wieder anbrüllt. Ich widerspreche ihr in Gedanken, aber ich drehe mich trotzdem regelmäßig um.
Weil ich plötzlich Feindseligkeit spüre.
Aggression, die sich aufbaut.
Argwohn.
Wut.
Je länger wir suchen, desto stärker spüre ich es. Mir wird bewusst, dass etwas falschläuft, dass sie beginnen, mir aus dem Weg zu gehen. Sich vor mir verstecken. Nicht mehr auf meine Rufe reagieren.
Nicht antworten.
Ich kann sie nicht mehr hören, nicht mehr sehen.
Panik steigt wieder auf.
Wie ein gehetztes Tier renne ich im Kreis.
Rufe ihre Namen.
Gehe zurück ins Haus.
Höre hin, ob sie dort sind.
Gehe wieder nach draußen.
Doch nur das leise Rieseln des Schnees ist zu hören.
Unerträglich weiß ist alles.
Ich verstehe es nicht, aber außer mir scheint niemand mehr hier zu sein. Vom einen Moment zum nächsten male ich mir das Schlimmste aus. Es fühlt sich an, als wäre ich am Ende angekommen.
Es gibt keine Regeln mehr, nichts mehr, worauf ich mich verlassen kann. Keine Sicherheit, kein Gefühl mehr, das mich

optimistisch stimmt, keine Gewissheit, dass dieser Albtraum jemals enden wird.

Wo seid ihr alle, verdammt nochmal?
Was soll das werden?
Was habt ihr vor?
Ich schreie.
Begreife es nicht.
Kann nichts mehr fassen.
Gehe in die Knie.
Will etwas sagen.
Kann nicht mehr.
Nichts mehr.

DREISSIG

LAURAMEANDRI & DAVID BRONSKI

- Aufwachen, Bronski. Ich möchte mit dir reden.
- Was? Wo bin ich? Was habt ihr mit mir gemacht?
- Zu Frage eins, wir sind im Heizungskeller. Zu Frage zwei, wir haben dich aus dem Verkehr gezogen.
- Was soll das? Warum habt ihr mich gefesselt? Du musst mich sofort wieder losbinden. Bitte, Laura, ihr macht einen großen Fehler.
- Du kannst aufhören, Theater zu spielen. Es ist allen klar, dass du es warst. RosaLex, Rapper007 und YogaBine. Aus der Nummer kommst du nicht mehr raus. Hier ist für dich Endstation.
- Keine Ahnung, wovon du redest. Ich habe niemandem etwas getan. Das Einzige, was ich will, ist, YogaBine zu finden. Wir müssen wieder raus, sie suchen.
- Wir müssen sie nicht mehr suchen.
- Aber warum denn nicht?
- Wir haben sie bereits gefunden.
- Ich verstehe nicht.
- Musst du auch nicht.

- Mein Kopf, was habt ihr mit mir gemacht?
- BadyBoy hat dich aus dem Verkehr gezogen.
- BadyBoy?
- Hätte ich ihm nicht zugetraut, aber er hat das getan, was wir alle schon längst hätten tun sollen.
- Nein, nein, du irrst dich. Ich habe mit all dem nichts zu tun.
- Sagte der Mörder und führte weiterhin alle hinters Licht. Es hätte mir von Anfang an klar sein müssen, dass mit dir etwas nicht stimmt. Kommst hier an, schleichst dich bei uns ein und zerstörst alles, was wir uns jahrelang aufgebaut haben.
- Das ist doch Schwachsinn. Ihr habt den Falschen. Da draußen rennt jemand herum und bringt einen nach dem anderen um.
- Du bist ein Freak, Bronski. Hast dich nicht mehr unter Kontrolle, bist zum zweiten Mal schreiend und winselnd durch den Schnee gerobbt. Dieses Mal fallen wir aber nicht mehr darauf herein.
- Ich hatte eine Panikattacke, ich weiß nicht, was mit mir los ist. Ich schwöre aber, ich habe niemanden von euch angerührt.
- Die Fotos, die ich gesehen habe, sagen etwas anderes. Dank BadyBoy wissen wir jetzt, dass du bei ihr warst und sie ficken wolltest. Das war eine ziemlich traurige Vorstellung, Bronski. Wolltest du, dass sie niemandem etwas über deine Entgleisung sagen kann, oder hast du es nicht ertragen, dass sie dich zurückgewiesen hat?
- Das ist alles ein riesengroßes Missverständnis.

- BadyBoy sagte mir, dass du ihn angefleht hast, die Fotos zu löschen. Hat er aber nicht. Stattdessen hat er dafür gesorgt, dass es jetzt alle sehen können. Vierzigtausend Likes in einer Stunde, das ist sportlich, Bronski. Und beruhigend, dass die Wahrheit ans Licht kommt. Das ist es doch, was du immer wolltest, oder?
- Was ich wollte, ist, dass dieser Irrsinn aufhört. Ich wäre selbst beinahe gestorben, ich will den Schuldigen finden, genauso wie ihr. Ich will, dass du mich losbindest und wir darüber reden.
- Was du willst, ist nicht mehr wichtig. Es ist dir nämlich nie darum gegangen, das Ganze zu beenden. Du wolltest Profit daraus schlagen, die Geschichte bis zuletzt ausschlachten und uns am Ende weismachen, dass uns jemand von außerhalb ans Leder will.
- Aufhören. Bitte. Hörst du dir überhaupt selbst zu? Was du sagst, ist doch völliger Unsinn. Warum sollte ich einen von euch töten wollen?
- Drei, nicht einen. Tatsache ist, dass du uns alle von Anfang an verarscht hast. Jedes Wort von dir war gelogen. Keine Ahnung, was in deinem kranken Hirn vorgeht, Tatsache ist, dass nicht wir es getan haben, sondern du, mit Vorsatz. Ich bin gespannt, ob du überlebst, bis die Polizei auftaucht. Wir sind ziemlich wütend auf dich. Vor allem BadyBoy. Ich habe ihn nur mit viel Mühe davon abhalten können, dass er noch weiter mit der Eisenstange auf dich einschlägt.
- Warte mal, filmst du etwa?
- Das ist mein Job, das weißt du ja. Je mehr Material es gibt, desto besser.

- Ich glaube das alles nicht. Noch einmal, ihr habt den Falschen. Ich weiß, was ich getan habe und was nicht.
- Sicher? Du kannst dich noch an alles erinnern, was du getan hast, nachdem du mit YogaBine fertig warst?
- Ich habe ihr nichts getan.
- Trotzdem ist sie tot.
- Das kann nicht sein.
- Doch, kann es. Sie liegt draußen in deinem Iglu. Genau dort, wo du sie abgelegt hast.
- Welches Iglu?
- So wie es aussieht, hast du Erinnerungslücken. Scheinst überarbeitet zu sein, vielleicht auch zu viel Alkohol, oder was du sonst so nimmst. Du hast dich nicht mehr unter Kontrolle, Bronski. Das ist gefährlich, vor allem für uns. Und deshalb bist du jetzt genau da, wo du hingehörst. Angebunden im Heizungskeller. So kannst du niemandem mehr etwas tun.
- Bitte, Laura, es geht mir gut. Ich habe meine Probleme, aber das macht mich noch lange nicht zum Mörder.
- Ach, das habe ich ja beinahe vergessen. Mit diesem Thema kennst du dich ja bestens aus, oder? Berufsbedingt hast du ja ständig mit Verbrechen zu tun. Vielleicht hat dich deine Arbeit ja inspiriert? Habe im Netz einiges über dich gefunden. Angeblich machst du das mit den Leichenfotos schon länger.
- Das ist ein Hobby, verdammt nochmal. Mehr nicht. Keine Ahnung, was das jetzt soll.
- Ein Hobby? Du stiehlst den Toten diesen einen letzten Moment. Missbrauchst sie. Machst ohne Zustimmung Bil-

der von ihnen. Porträtierst sie. Sag mir, welcher psychisch gesunde Mensch macht so etwas?
- Wenn ihr mich hier einsperrt, wird noch jemand sterben. Ich bin einer von denjenigen, die das verhindern wollen. Ich bin hier, um euch zu helfen, Laura.
- Und genau das glaube ich dir nicht mehr, Bronski. Und weißt du auch, warum? Weil wir dank BadyBoys Spürsinn in diesem Iglu da draußen nicht nur die Leiche von YogaBine gefunden haben, sondern auch dein Handy.
- Mein Handy? Das kann nicht sein.
- Ich habe es selbst gesehen, es lag neben der Leiche. Muss dir wohl aus der Tasche gefallen sein.
- Unmöglich, ich weiß nichts von einem Iglu. Und mein Handy muss ich irgendwo liegen gelassen haben. Ich habe mit meiner Schwester telefoniert, noch eine Nachricht verschickt und es dann nicht mehr in der Hand gehabt, als wir nach Sabine gesucht haben. Irgendjemand muss es mir gestohlen haben.
- Es gibt sogar ein Foto davon. Die halb nackte YogaBine und neben ihr das Telefon ihres Mörders. BadyBoy hat es sich nicht nehmen lassen, die Leiche zu fotografieren. Wie du. Ziemlich abgefahren, dass er dazu imstande war. Ist natürlich nicht so ein Meisterwerk wie dein Porträt von RosaLex, aber es beweist, dass du dort warst.
- Das beweist es nicht, jeder von euch könnte mein Telefon dort hingelegt haben.
- Es gibt keinen Grund mehr zu lügen, Bronski. Es ist vorbei. Alle wissen Bescheid, sogar deine Kollegen in der Redaktion. Wir halten sie für dich auf dem Laufenden. Ich habe

eben mit deiner Freundin telefoniert. Scheint eine kluge Frau zu sein. Kann nicht verstehen, wie sie sich mit einem wie dir eingelassen hat.
- Du hast mit Svenja geredet?
- Natürlich. Ich kümmere mich darum, dass unsere schöne Kooperation nicht endet. Wenn du ausfällst, muss jemand anderer deinen Platz einnehmen, in meinem Business sind gute Kontakte wichtig.
- Was hast du ihr gesagt?
- Alles, was ich weiß. Ich bin wirklich gespannt, was sie mit all den neuen Informationen macht. Ob sie bereit ist, die Wahrheit zu verbreiten oder nicht. Ob sie dich ans Messer liefert oder für dich die Tatsachen verdreht. Ist bestimmt nicht einfach für sie, zu begreifen, dass du ein Betrüger und Mörder bist.
- Ich will es sehen. Zeig mir das Foto. Ich will das verdammte Iglu sehen, mein Handy und Sabine. Ich will sehen, ob sie wirklich tot ist.
- Hier werden keine Wünsche mehr erfüllt. Es gibt keinen Schampus mehr für dich, nicht mal Wasser. Auch kein Licht. Das schalte ich jetzt nämlich aus, mein Lieber. Das war's für dich.
- Nein, bitte nicht. Du darfst jetzt nicht gehen. Du kannst mich hier nicht allein lassen.
- Und ob ich das kann, Bronski.

EINUNDDREISSIG

Egal, wie laut ich schreie, sie kommt nicht zurück.
LauraMeandri hat das Licht ausgemacht und die Tür hinter sich zugezogen. Was sie mir an den Kopf geworfen hat, ist völlig verrückt. Ich verstehe es nicht. Was sie behauptet, kann nicht sein.
Sie hat mir gesagt, dass ich ein Mörder bin.
Ich soll das Iglu in den Schnee gegraben und die Frau getötet haben, mit der ich in der Nacht im Bett gelegen habe. Ich soll einen Einbruch vorgetäuscht und Sabine gewaltsam aus ihrem Zimmer geholt, sie zum Schweigen gebracht haben, weil ich nicht wollte, dass jemand von meinem Fehltritt erfährt.
Was für ein Unsinn.
Auch dass ich die anderen getötet haben soll.
Und mir das Feuer in meinem Blockhaus ausgedacht habe, um einen Grund zu finden, im Chalet um Unterschlupf zu betteln. Nachdem ich auf einem Spaziergang RosaLex begegnet bin und sie erschlagen habe, soll ich durchgedreht sein.
Das ist es, was sie alle denken.
Was sie Svenja erzählt haben.

Ihr und dem Rest der Welt.

Das Video, das LauraMeandri gerade aufgenommen hat, geht in diesem Moment bereits viral. Eine plausible Geschichte, die genau so hätte passiert sein können.

Aber nicht passiert ist.

Nicht passiert sein kann.

Es ist der Albtraum, aus dem ich nicht mehr aufwache, der mir mehr Angst macht als alle anderen zuvor in meinem Leben. Angst, die mich auffrisst, seitdem ich in der Nacht aus dem Schlaf gerissen wurde. Angst, die mich nicht mehr richtig denken lässt, die mich in die Knie zwingt. Mich endgültig kaputt macht.

Mich und alles, was mir bis vor vier Tagen wichtig war.

Was ich für selbstverständlich hielt.

Svenja.

Meine Arbeit.

Meine Tochter in Laos, die wahrscheinlich bereits mitbekommen hat, was mit ihrem Vater geschieht. Was er getan haben könnte oder tatsächlich getan hat.

Denn ich kann mich nicht daran erinnern.

An nichts, was gewesen sein soll.

Nicht an den Mord am Rapper. An nichts, was geschah, nachdem ich aus Sabines Schlafzimmer geflohen bin.

Was bist du nur für ein blödes Arschloch, Bronski?

Warum hast du es nicht gut sein lassen?

Aus welchem Grund bist du überhaupt hier?

Wann hast du begonnen unterzugehen?

Ich habe keine Antworten. Keine Entschuldigungen.

Und keine Kraft mehr, mich zu wehren.

Nach Hilfe zu rufen.
Weiterzuleben.
Vielleicht habe ich mich die letzten Jahrzehnte bewusst der Gefahr ausgesetzt? Vielleicht war die Nähe zum Tod deshalb immer Trost für mich, weil ich für das Leben zu schwach war? Für diese Beziehung, die ich führen könnte, für diese Familie, für die ich kämpfen sollte.
Ich bin jämmerlich.
Heule und winsle.
Klinge wie jemand, der ich nie sein wollte. Wie ein Verlierer, der sich selber mitleidig eingestehen muss, dass er alles versaut hat.
Wann nur habe ich aufgegeben? Vor zweiundzwanzig Jahren, als man mein Kind entführt hat? Oder schon lange vorher, als ich selbst noch ein Kind war?
Ich möchte nicht mehr leben, habe ich gesagt.
Mit elf Jahren zu meiner Schwester.
Anna hat es mit einem Lächeln vom Tisch gewischt.
Mir nicht geglaubt.
Es nicht für möglich gehalten, dass ein Kind an Selbstmord denkt.
Und doch erinnere ich mich daran.
Wie ich mir gewünscht habe, nicht mehr da zu sein.
Weil ich es damals schon nicht konnte.
Glücklich sein.
Ohne Blaulicht und Tote.
Ohne diesen Tanz am Abgrund.
Dem Schielen auf die andere Seite. Dem Hoffen, dass es irgendwann ohnehin vorbei ist. Dass jemand mir die Entschei-

dung abnimmt. Einer von diesen Menschen, hinter denen Svenja und ich die letzten Jahre her waren.

Der Entführer meiner Tochter, der holländische Söldner, der mich und meine Familie auslöschen wollte, der Mönch, der Wunder vollbracht und dafür getötet hat. Sie und alle anderen waren es, denen ich die Verantwortung überließ, über meinen Tod oder mein Leben zu entscheiden.

Ich habe das Schicksal immer herausgefordert. Kopflos bin ich den verrückten Geschichten hinterhergelaufen. Und trotzdem bin ich immer wieder aufgewacht. Weil da neben diesem Wunsch, zu sterben, noch etwas anderes war.

Der Wunsch, zu leben.

Freude zu empfinden.

Liebe zuzulassen.

Ich bin froh darüber, dass ich so viele Chancen bekommen habe, weiterzuleben. Dass da draußen immer noch Menschen sind, die mich brauchen. Die es verdammt nochmal nicht verdient haben, dass ich mich hier zum Idioten mache. Die sehen sollen, dass ich kämpfe. Dass die Vorwürfe, die LauraMeandri mir an den Kopf geworfen hat, nicht wahr sind. Nichts davon. Ich werde die Dinge richtigstellen.

Und nicht in diesem Heizungsraum verenden.

Ich werde herausfinden, wer mein Telefon gestohlen und in diesem Iglu deponiert hat. Wer es gebaut hat. Ich muss denjenigen aufhalten, der für das alles verantwortlich ist. Auch wenn ich kaum noch die Augen offen halten kann und auf mich selbst zurückgeworfen bin. Ich muss Sabines Leiche sehen. Wissen, warum es passiert ist. Wer von ihnen es gewesen sein kann. Endlich wache ich auf. Beginne, wieder klar zu denken.

Es kann niemand von außen gewesen sein.
Derjenige, der mein Handy genommen hat, war ganz in meiner Nähe. Er muss direkten Kontakt zu mir gehabt, es mir wahrscheinlich unauffällig aus der Hosentasche gezogen haben, es vom Tisch in der Küche genommen haben, auf den ich das Telefon gelegt hatte.
Der Täter ist nicht von außen gekommen.
Er war im Haus und ist es noch immer.
Ich werde ihn finden.
Und dann verschwinden.
Von vorne beginnen.
Ein letztes Mal.

ZWEIUNDDREISSIG

DAVID BRONSKI & DORFPROLET

- Endlich. Bitte. Ich habe Durst. Du musst mir etwas zu trinken geben.
- Ich muss gar nichts, aber weil ich kein Unmensch bin, habe ich Wasser für dich mitgebracht.
- Du musst mich hier herausholen. Ich habe nichts getan. Ihr habt nichts von mir zu befürchten, das schwöre ich.
- Schwören kannst du später. Jetzt trink erst mal.
- Danke.
- War nicht meine Idee, dich hier einzusperren. Aber du weißt ja, wie das ist. Die Gruppe entscheidet.
- Die Gruppe hat mich hier ruhiggestellt, mich zum Schuldigen gemacht. Bronski ist das dumme Opferlamm, das zu spät erkannt hat, dass man es zur Schlachtbank führt.
- Schöne Metaphern retten dich nicht, Bronski.
- Was rettet mich dann?
- Die Wahrheit.
- Die kennst du. Du weißt, dass ich nichts mit diesem Irrsinn zu tun habe. Mich hier einzusperren macht alles nur noch schlimmer. Falls du unschuldig bist, wäre es klüger,

mich da oben an deiner Seite zu wissen. Hier unten kann ich nichts für dich tun.
- Ich denke nicht, dass du mir eine große Hilfe wärst, aber die Frage stellt sich ohnehin nicht. So wie es aussieht, bist du nämlich der Hauptverdächtige.
- Sagt wer?
- BadyBoy.
- Er hat mich bewusstlos geschlagen.
- Mit gutem Grund, so wie es aussieht.
- Und er hat das Iglu entdeckt, richtig?
- Hat er, ja.
- Wart ihr dabei?
- Nein, aber er hat uns die Fotos gezeigt. Erst als du dich hier unten eingerichtet hast, sind wir noch mal raus und haben es uns angesehen. Muss wohl so etwas wie dein Geheimversteck gewesen sein.
- Denkst du wirklich, dass ich ein Iglu gegraben habe, um anschließend halb erfroren an eure Türe zu klopfen?
- Wir wissen beide, dass Menschen manchmal die verrücktesten Dinge tun.
- Findest du nicht, dass es ein seltsamer Zufall ist, dass mein Telefon neben YogaBines Leiche gefunden wurde? Ich habe es morgens um acht noch verwendet, das kannst du gerne in meinem Anrufspeicher nachprüfen. Hätte ich YogaBine getötet, wäre ich doch niemals das Risiko eingegangen, euch auf ihre Fährte zu führen. Ich hätte einen riesigen Bogen um dieses geheimnisvolle Iglu gemacht und wäre nicht so unachtsam gewesen, mein Telefon neben ihr liegen zu lassen.

- Es heißt, dass du nicht mehr klar im Kopf bist. Könnte doch sein, dass du Dinge getan hast, die nicht plausibel sind. An die du dich gar nicht mehr erinnern kannst.
- Du willst die Wahrheit hören? Ich habe wirklich langsam das Gefühl, dass ich verrückt werde. Aber nicht so verrückt, dass ich mich von diesem kleinen Drecksack verarschen lasse.
- BadyBoy?
- Wer sonst?
- Und was ist mit LauraMeandri?
- Schließe ich aus.
- Warum?
- Bauchgefühl.
- Und ich?
- Dich habe ich als Täter genauso wenig auf dem Schirm wie mich.
- Du solltest nicht so voreilig sein. Vor ein paar Stunden warst du nämlich noch überzeugt davon, dass es jemand von außen war, jetzt ist keine Rede mehr davon. Scheinst mir sehr sprunghaft zu sein, Bronski. Möglich, dass dir dein intuitives Handeln am Ende nicht gut bekommt. Solltest ein bisschen vorsichtiger sein und dich mehr auf die Tatsachen und Fakten konzentrieren. Dann überlebst du vielleicht auch eher.
- Von welchen Fakten sprichst du?
- BadyBoy hätte dieses Iglu niemals finden können, wenn er nicht gewusst hätte, wo es ist. Ich bin dreimal an derselben Stelle vorbeigegangen und habe es nicht gesehen. Keine Ahnung, wie er den Eingang entdeckt hat.

- Du glaubst also auch, dass er es war.
- Ich glaube gar nichts, ich wundere mich nur. Auch darüber, wie sehr er LauraMeandri und mich davon überzeugen wollte, dass du das Geschwür bist, das uns ausrotten will. Fast kam es mir so vor, als wollte er mit Gewalt alle Spots auf dich richten. Er hat LauraMeandri davon überzeugt, dass du am besten hier unten aufgehoben bist. In ihren Augen bist du schuldig.
- Du hast Rechtswissenschaften studiert.
- Und?
- Es gilt die Unschuldsvermutung. Auch für mich.
- Deshalb bin ich hier, Bronski. Erstens will ich niemanden vorverurteilen, bevor nicht alles auf dem Tisch liegt, und zweitens möchte ich gerne überleben. Auch wenn es mir schwerfällt, das zu sagen, aber mich auf deine Seite zu schlagen, scheint mir in der momentanen Situation tatsächlich das Klügste zu sein. Die Wahrscheinlichkeit, dass ich mich in dir täusche, ist geringer als jene, dass BadyBoy ein durchgeknallter Killer ist. Bei seiner Lebensgeschichte würde es mich nicht wundern, wenn bei ihm die Sicherungen durchgebrannt sind. Gewalt, Drogen, Straßenstrich. BadyBoy ist nicht so harmlos, wie er wirkt. Er hat mindestens so viel erlebt wie du, Bronski.
- Ich habe mir die Scheiße in den letzten Jahren aufs Brot geschmiert, du hast recht. Aber ich habe verdammt nochmal niemanden umgebracht.
- Ich glaube dir. Deshalb werde ich dich auch losbinden. Aber nur, wenn du mir versprichst, dass du keinem sagst, dass ich es war.

- Das bekomme ich hin.
- Ich hoffe, ich täusche mich nicht in dir, Bronski. Vermassel es nicht und halte die Augen offen. Außerdem wirst du erst nach oben kommen, wenn die beiden anderen schlafen. Wenn sie dich vorher sehen, bist du schneller wieder hier unten, als dir lieb ist. Ich werde dir nicht helfen können. Also erspar uns das. Du kannst herumschnüffeln, so viel du willst, aber mach es bitte so, dass dich niemand dabei erwischt.
- Wo ist mein Handy? Ich muss telefonieren.
- Liegt oben im Wohnzimmer. Ich habe es beiseitegelegt. Ganz rechts am Kaminsims.
- Warum tust du das für mich?
- Ich tu das nicht für dich, Bronski.

DREIUNDDREISSIG

Obwohl ich davonlaufen könnte, warte ich.
In dem Raum, in dem ich seit neun Stunden eingesperrt bin, frage ich mich, was ich tun soll. Soll ich hinaufstürmen und BadyBoy überwältigen? Auf ihn einprügeln und ihn aus dem Verkehr ziehen?
Ich male mir aus, was passieren könnte. Wie der DorfProlet reagieren würde, wie Meandri. Wahrscheinlich würden mich beide daran hindern, BadyBoy etwas anzutun. Meandri würde denken, dass ich erneut Amok laufe. Ich müsste es mit dreien aufnehmen, nicht nur mit einem.
Deshalb warte ich.
Bis sie zu Bett gehen. In ihren Zimmern verschwinden.
Ich verkrieche mich, um nicht zu sterben. Ich hänge an meinem Leben wie nie zuvor, will nichts riskieren, keinen Fehler mehr machen. Auch wenn ich kaum noch die Augen offen halten kann, bleibe ich wach, halte ein Metallrohr in der Hand, das ich unter dem Heizkessel am Boden gefunden habe. Ich muss bereit sein, falls die Tür wieder aufgeht.
Ich werde zuschlagen. BadyBoy mit einem Hieb außer Gefecht

setzen, sollte er auf die Idee kommen, mich in meinem Gefängnis zu besuchen.
Nicht einschlafen, denke ich.
Auch wenn ich nichts lieber tun würde, weil ich seit achtunddreißig Stunden wach bin und das Gefühl habe, endgültig den Verstand zu verlieren.
Wütend und verzweifelt schlage ich mir ins Gesicht, öffne einen Spaltbreit die Tür und lausche, ob sie noch wach sind, ob jemand die Treppen nach unten kommt oder ob es endlich so weit ist und ich nach oben in die Küche kann. Trinken, etwas essen, mein Telefon suchen. Svenja anrufen. Ihr sagen, dass ich sie liebe, dass es mir leidtut. Mit ihr darüber reden, was ich tun soll.
Einen Moment lang mache ich mir vor, dass alles gut ist, dass alles wieder so sein wird, wie es war. Besser vielleicht sogar, weil ich endlich weiß, dass ich ein Idiot bin, ein ignoranter Dreckskerl, der alles für selbstverständlich hält.
Alles, was sie mir geschenkt hat.
Ihre Zeit, ihre Fürsorge, ihre Zuneigung, ihre Versuche, mit mir zu reden, mich dazu zu bringen, glücklich zu sein.
Mit ihr.
Nichts wünsche ich mir mehr in diesem Moment.
Mir steht das Wasser bis zum Hals, und ich weiß nicht, ob ich sie jemals wiedersehe. Ob ich die Gelegenheit bekomme, sie noch einmal in den Arm zu nehmen.
Ich zähle die Minuten.
Eine Stunde vergeht.
Noch eine.
Und noch eine.

Dann höre ich noch einmal genau hin und schleiche mich nach oben.

Sie haben die Lichter ausgemacht und sind auf ihre Zimmer gegangen. Hinter Meandris Türe höre ich Musik, der Dorf-Prolet schaut fern. Nur aus BadyBoys Zimmer kommt kein Laut.

Auf Zehenspitzen schleiche ich den Gang entlang und gehe hinaus auf die Terrasse. Es schneit noch immer.

Das Geräusch, das meine Schuhe im Schnee machen, tut mir weh. Es erinnert mich daran, dass ich Angst hatte. Sagt mir, dass diese Angst jederzeit wiederkommen kann.

Keine Panik, Bronski.
Dir kann nichts passieren.
Du bist in Sicherheit.

Ich rede es mir ein. Pirsche mich an wie ein Dieb, starre durch das Fenster in BadyBoys Zimmer. Die Vorhänge stehen einen winzigen Spaltbreit offen, gerade so weit, dass ich es sehen kann.

BadyBoy sitzt auf dem Bett und zieht eine Spritze auf. Genau so, wie ich es schon oft in Filmen gesehen habe. Eine brennende Kerze, er bindet sich den Oberarm ab, sucht eine Vene und sticht die Nadel durch seine Haut.

Heroin.

Ich kann es nicht glauben. Mir ist nichts aufgefallen, nie wäre ich auf die Idee gekommen, dass er abhängig ist. Aber trotzdem passt es ins Bild. Alles ergibt plötzlich Sinn. Die grausamen Morde. Der ehemalige Stricher, der die Kontrolle verliert. Die Drogen.

Während ich mich frage, was er YogaBine angetan hat, sehe

ich dabei zu, wie er sich nach hinten fallen lässt und auf seinem Bett liegen bleibt. Ich frage mich, was er jetzt wohl denkt, was er sich vorstellt, sich ausmalt.

Ich sehe einen Mörder, wie er seine Augen schließt.

Dann schleiche ich mich wieder zurück ins Haus und finde mein Handy. Hole mir in der Küche eine Flasche Wasser, Brot und Schinken und gehe an den Ort, an dem mich niemand vermutet.

Ich sperre mich in meinem Zimmer ein. Meandri und BadyBoy gehen davon aus, dass ich die Nacht im Heizungsraum verbringe. Mich in das Bett zu legen, in dem ich die Nächte zuvor gelegen habe, scheint mir das Vernünftigste zu sein.

Kurz das Internet durchforsten, Svenja anrufen und den Schaden begrenzen.

Dann ein paar Stunden ausruhen.

Schlafen.

Endlich.

VIERUNDDREISSIG

DAVID BRONSKI & SVENJA SPIELMANN

- Ich bin's.
- Scheiße, Bronski. Was machst du nur? Ich dachte schon, das war's mit dir.
- Sie haben mich niedergeschlagen, mir mein Telefon abgenommen und mich eingesperrt.
- Weiß ich, Bronski. Du hast es vielleicht nicht mitbekommen, aber sie haben deinen Check-in im Heizungskeller gefilmt. Alle wissen Bescheid, was du da oben für Mist baust.
- Es tut mir leid, Svenja.
- Du hast eine Entscheidung getroffen, mit der du jetzt leben musst. Also bitte erspar mir dein Selbstmitleid und halbherzige Entschuldigungen. Keine Ausrede macht es besser, glaub mir.
- Ich will mich nicht herausreden. Was ich gemacht habe, war falsch, das weiß ich. Und ich bereue es zutiefst.
- Du sollst damit aufhören. Ich will das nicht hören. Wir machen jetzt einfach unseren Job und lassen es gut sein. War von Anfang an keine gute Idee, das mit uns beiden.
- Bitte nicht, Svenja. Lass uns in Ruhe darüber reden.

- Was ich muss und was nicht, das entscheide ganz allein ich. Was du sagst, ist ab jetzt nur noch in beruflicher Hinsicht relevant. Und sogar da bin ich es, die entscheidet, was passiert. Ich bin die Redakteurin, du der Fotograf, vergiss das nicht.
- Ich habe es verdient, Svenja, ich weiß. Von mir aus mach mich fertig, beschimpfe mich, dass ich ein Idiot bin. Aber hass mich nicht. Bitte.
- Ist dir eigentlich klar, wie peinlich das ist, dass du dich da oben vor der ganzen Welt zum Affen machst?
- Ich bin im Arsch, Svenja. Mehr, als du vielleicht denkst. Als ich mir selbst jemals eingestanden habe.
- Ich wusste, dass du kaputt bist, Bronski, aber nicht, dass du so kaputt bist.
- Wenn das hier vorbei ist, werde ich kündigen.
- Das wirst du nicht, und das weißt du. Ist aber auch egal. Wichtig ist es jetzt, dass du dich um dieses verdammte Iglu kümmerst. Du musst es finden. Und Fotos von YogaBine machen. Wir brauchen eigenes Bildmaterial, zudem solltest du dringend irgendwelche Beweise finden, die belegen, dass nicht du es warst, der sie dort abgelegt hat. Im Moment schießen sich nämlich alle auf dich ein. Weichenberger rotiert. Wenn er zu dir raufkommt, wird er dich verhaften, wenn du dir nicht schleunigst was überlegst.
- BadyBoy war es.
- BadyBoy sagt, dass du es bist. Er posaunt seine Anschuldigungen gegen dich lauthals hinaus. Meandri und er haben dich auf der Abschussliste. Ich habe lange mit ihr telefoniert. Sie will unbedingt dafür sorgen, dass man dich einsperrt. Für sie bist du der Mörder, Bronski.

- Du weißt, dass ich niemandem etwas getan habe.
- Weiß ich das wirklich? Immerhin hast du mit diesem Yoga-Mädchen geschlafen. Das hätte ich dir niemals zugetraut. Vielleicht bist du ja doch zu mehr fähig, als ich gedacht hätte.
- Ich habe nicht mit ihr geschlafen. Bin noch rechtzeitig zur Vernunft gekommen und habe das Zimmer verlassen.
- Das sieht man auf den Fotos aber leider nicht. Man sieht nur, wie du mit deiner Hand zwischen ihre Beine fährst.
- Du musst mir glauben, ich bin raus aus ihrem Zimmer. Und ich schwöre dir, ich habe nichts mit ihrem Tod zu tun. Ich weiß nicht einmal, wie sie gestorben ist.
- Ich denke, jemand hat ihre Halsschlagader geöffnet. Schaut auf BadyBoys Foto für mich so aus, als wäre sie verblutet.
- Scheiße.
- Such das Iglu, Bronski. Finde sie und mach Bilder. In der Nacht soll es aufhören zu schneien. Es heißt, dass wir morgen Vormittag mit den Hubschraubern starten können. Alles, was bis dahin im Kasten ist, nützt uns. Wenn die Spurensicherung erst mal anfängt sich auszubreiten, haben wir keinen Zugang mehr. Wir sind dann genauso Zaungäste wie alle anderen auch.
- Du wirst hochkommen?
- Was glaubst du denn? Wir sind dabei, einen Serienmörder zu stellen, das lasse ich mir doch nicht entgehen, oder? Auch wenn du alles dafür getan hast, es zu versauen, starten wir immer noch aus der Poleposition.
- Ich bin müde, Svenja. Habe seit zwei Tagen nicht geschlafen.

– Wo bist du jetzt? Wie bist du überhaupt aus diesem Heizungskeller rausgekommen?
– Der DorfProlet hat mir geholfen. Er glaubt wohl daran, dass ich unschuldig bin.
– Könnte ein Trick sein.
– Was meinst du damit?
– Er will von sich ablenken. Befreit dich und macht sich dadurch unverdächtig. Keine schlechte Idee, sollte er schuldig sein.
– Ist er nicht. Ich sagte dir doch, dass BadyBoy unser Mann ist. Er drückt. Ich habe ihn gerade dabei beobachtet. Der Junge ist für ein paar Klicks bereit, mehr zu tun als alle anderen.
– Sei dir da mal nicht so sicher, Bronski. Noch können wir als Täter niemanden ausschließen. Jeder von ihnen könnte dieses Iglu gebaut haben. Vielleicht war es von Anfang an der Plan, es so aussehen zu lassen, dass es jemand von außen war. Für den eigentlichen Mörder war es wohl nur ein Glücksfall, dass du so idiotisch warst und dich als vermeintlicher Täter so dämlich angeboten hast. Du bist mit dem Foto von Leiche eins angekommen, hast dich mit dem Rapper geprügelt und mit YogaBine Sex gehabt. Genialerweise hast du dich auch noch dabei fotografieren lassen. Wirklich starke Leistung, Bronski.
– Am Ende werden wir sehen, wer recht hat.
– Am Ende bist du tot, wenn du nicht aufpasst.
– Ich mache jetzt kurz die Augen zu, dann kümmere ich mich darum.
– Du kannst dich jetzt nicht hinlegen, Bronski. In spätestens

zwölf Stunden sind wir bei dir, so lange musst du durchhalten. Wenn du schläfst, bist du schutzlos. Sie werden über dich herfallen, wenn du jetzt nicht wachsam bleibst.
- Ich habe die Zimmertür abgesperrt.
- Türen kann man aufbrechen, wie wir im Fall von YogaBine gesehen haben.
- Mir wird nichts passieren, Svenja. Nur ein paar Stunden, dann mache ich mich auf die Suche nach diesem Iglu. Ich ruf dich an, sobald ich was habe.
- Leg nicht auf, Bronski.
- Doch, ich muss.

FÜNFUNDDREISSIG

Eine Stunde bevor es hell wird, wache ich auf.
Der Wecker auf meinem Telefon hat mich aus dem Tiefschlaf geholt.
Sofort schrecke ich hoch, mache ihn aus, bevor ihn die anderen hören. Dann sehe ich mich in dem dunklen Zimmer um.
Nur das Licht von draußen kommt spärlich in den Raum und verhindert, dass ich mich an den Möbeln stoße.
Noch hat niemand bemerkt, dass ich mein Gefängnis im Keller verlassen habe. Die anderen scheinen noch zu schlafen.
Noch bin ich sicher.
So leise ich kann, verlasse ich mein Zimmer, ziehe mir Handschuhe und eine von den grässlichen Jacken an, die BadyBoy mir bei meiner Ankunft überreicht hat, und verlasse über den Wirtschaftsraum auf der gegenüberliegenden Seite des Schlaftraktes das Haus.
Es ist kalt.
Aber es hat aufgehört zu schneien. So wie Svenja es angekündigt hat.
Bald wird Hilfe kommen.

Sobald es hell wird, wird sich eine Heerschar von Beamten und Rettungskräften in Bewegung setzen. Anna und Svenja werden alles dafür tun, um die Sache zu beschleunigen. Außerdem werden sie Weichenberger dazu bringen, sie mit nach oben zu nehmen, davon gehe ich aus. Entweder fliegen sie im Polizeihubschrauber mit, oder Regina chartert einen eigenen Helikopter. Auch wenn Svenja mich hasst, sie wird keine Sekunde Zeit verlieren und alles dafür tun, um meine Haut zu retten.

Das rede ich mir zumindest ein, während ich durch den Schnee stapfe, mir meinen Weg bahne und versuche, die Spuren der anderen unter dem frischen Schnee zu finden. Die Spuren zu dem Iglu, das BadyBoy entdeckt und wahrscheinlich auch selber gebaut hat.

Der kleine Teufel, der auf diesem verfluchten Berg einen Horrorfilm inszeniert, muss vor den anderen hier gewesen sein. Von Anfang an muss er die Absicht gehabt haben, ein Feuerwerk an Grausamkeiten abzubrennen. Vielleicht wollte er sich selbst in dem Iglu verstecken, vielleicht gehörte es im Fall einer Flucht zu seinem geheimen Plan B.

Fakt ist, was auch immer er mit dem Iglu vorhatte, es erfüllt jetzt seinen Zweck. Es macht mich zum Tatverdächtigen. Wobei ich mich frage, warum er das Telefon wieder mit ins Haus genommen hat. Wenn es meine Schuld beweisen sollte, hätte es BadyBoy eigentlich liegen lassen müssen.

Hat er aber nicht.

Wahrscheinlich ist ihm klar, dass die Polizei ein Foto als Beweis nicht anerkannt hätte. Jeder, der von dem Iglu wusste, hätte es neben die Leiche legen können. Es ging also in erster

Linie darum, mich in der Öffentlichkeit als Schuldigen zu etablieren. Ganz ohne Verhandlungen und Richter werde ich online ans Kreuz genagelt.

Wahrscheinlich hat der DorfProlet mit seinem rechtswissenschaftlichen Hintergrund Meandri und BadyBoy darüber aufgeklärt, dass es nichts bringen würde, das Telefon liegen zu lassen. Vielleicht wollten sie auch einfach nur mein Fotomaterial sichern, mich dazu bringen, meinen Code zum Entsperren zu verraten. Wie auch immer, jetzt liegt es am Sims des Kamins, genau so, wie es der DorfProlet gesagt hat.

Was noch ein Grund mehr ist, ihn als Täter auszuschließen. Er hat dafür gesorgt, dass ich wieder Kontakt zur Außenwelt aufnehmen kann. Er will, dass ich laut und beharrlich um Hilfe schreie.

Hilfe, die bald kommen wird. Weil die Nacht langsam schwindet und der Himmel sich über mir schließt. Da sind nur noch vereinzelte Flocken im Schein der Taschenlampe.

Die Sonne wird kommen und den Schnee schmelzen. Sie werden das Iglu finden und Sabine. Meine DNA an ihr.

Ich werde beweisen müssen, dass ich nichts mit ihrem Tod zu tun habe. Dass ich auch dem Rapper und RosaLex nichts getan habe. Ich habe keine Alibis für die jeweiligen Tatzeitpunkte, trotzdem bin ich unschuldig. Und genau das wird sich herausstellen, wenn ich BadyBoy dazu bringe, zu reden. Wenn er ausspuckt, warum er das alles getan hat.

Keine Ahnung, ob sie mir glauben werden. Was passieren wird. Wie es weitergeht. Ich weiß nur, dass ich dieses Iglu finden und weiter durch diesen unheilvollen Schnee laufen muss.

Ich will wissen, was mit Sabine passiert ist, wie sie gestorben ist. Es plagt mich. Belastet mich.

Weil ich mir schon die ganze Zeit die Frage stelle, ob ich ihren Tod hätte verhindern können. Sie noch leben würde, wenn ich bei ihr geblieben wäre. Wenn ich nicht aufgehört hätte, sie zu berühren und zu küssen. Wenn ich neben ihr eingeschlafen und da gewesen wäre, als die Scheibe auf der Terrassentür zerbrach.

Sie hat mich um Hilfe gebeten, und ich bin einfach gegangen. Habe in meinem Zimmer getrunken und später in der Küche Spiegeleier gegessen.

BadyBoy muss sie ermordet haben, unmittelbar nachdem ich mich beschämt in mein Zimmer zurückgezogen habe. Wahrscheinlich ist er auf der Terrasse geblieben, genau dort, wo er gestanden hat, um die Fotos zu machen. Er hat gewartet, bis ich verschwunden bin und YogaBine das Licht ausgemacht hat. Dann hat er geklopft und sie aus dem Zimmer gelockt. Die Scheibe hat er höchstwahrscheinlich erst später eingeschlagen. Erst, als sie schon tot war. Er hat sie gebeten mitzukommen, wollte ihr zeigen, was er angeblich gefunden hat. Das Iglu, das er selbst gebaut hat. Dann hat er es beendet. Anschließend ist er zurück auf die Terrasse und hat alles so aussehen lassen, als wäre es jemand von außen gewesen.

Durch denselben Schnee ist sie gestapft.

Sie muss ganz in der Nähe sein. Ihre Leiche.

Der Gedanke ist schrecklich.

Dass sie für ein paar Likes im Internet gestorben ist. Dass sie irgendwo unter dem Schnee liegt. Sabine Kaltschmid.

Ich denke an das Foto, das BadyBoy von ihr gemacht und

gepostet hat. Das viele Blut. Es muss ein Messer im Spiel gewesen sein. Ein Messer, das ich finden muss. Genauso wie den Eingang zu diesem Iglu. Verborgen unter dem frischen Schnee.

Der Zufall hat BadyBoy dort hingeführt, sagte er. Mit einem Paukenschlag hat er sein Geheimnis gelüftet und mich zum Täter gemacht. Den Fotografen, der blindlings durch den Schnee stolpert.

Aber am Ende doch findet, wonach er gesucht hat.

Beinahe hätte ich es übersehen.

Vielleicht zehn Meter von dem Pistenbully entfernt befindet sich der Eingang. Eine Ausbuchtung in Weiß, BadyBoy hat das Iglu in den Hang gebaut. Niemals wäre ich auf die Idee gekommen, dass sich hier ein Raum vor mir auftun würde.

Angespannt und bereit für das Schlimmste, krieche ich durch den kurzen Tunnel, an dessen Ende Gewissheit auf mich wartet.

Ein lebloser Körper.

Leere Augen und kalte Haut.

Mehr, als ich ertragen kann.

Ihre aufgeschnittene Kehle, der offene Mund.

Und diese Stille.

Taub und kaputt.

Alles.

SECHSUNDDREISSIG

FRANZ WEICHENBERGER & DAVID BRONSKI

- Endlich, Bronski. Wegen dir schramme ich seit Tagen am Herzinfarkt vorbei. Egal, wie sehr sich deine Schwester für dich einsetzt, aber dein Verhalten ist unentschuldbar. Durch nichts ist das wiedergutzumachen.
- Ich versuche es erst gar nicht.
- So wie es aussieht, hast du dich ziemlich in die Scheiße geritten. Keine Ahnung, wie du jemals wieder aus dieser Nummer herauskommen willst.
- Ich habe niemandem etwas getan, das wird sich herausstellen. Das Einzige, was man mir vorwerfen kann, ist, dass ich manchmal zu wenig nachdenke, zu sehr auf mein Bauchgefühl höre und nicht auf meinen Verstand oder den Rat der Menschen, die mich lieben. Soll heißen, mir ist bewusst, dass ich Mist gebaut habe. Dass ich manches von dem, was hier passiert ist, hätte verhindern können.
- Darauf kannst du einen lassen, Bronski. Hättest du rechtzeitig mit mir geredet, hätten wir vielleicht das Schlimmste verhindern können.
- Wenn ich die Uhr zurückdrehen könnte, würde ich alles

anders machen. Sofort mit dir reden. Jeden einzelnen Schritt mit dir abstimmen. Niemals mehr würde ich mich auf diesen Irrsinn einlassen.
- Willst du mich verarschen?
- Will ich nicht, nein. Ich möchte nur noch weg von hier. Ihr müsst so schnell wie möglich kommen. Es darf nicht noch jemand sterben.
- Drei Tote innerhalb von vier Tagen sind genug, da hast du recht. Wobei du die Leiche von YogaBine noch nicht gefunden hast, wenn ich richtig informiert bin.
- Doch, ich habe sie gefunden.
- Es gibt dieses Iglu also wirklich?
- Ich habe dir gerade ein paar Bilder geschickt. Dachte mir, dass du das sehen solltest, bevor das Ding hier am Ende noch zusammenbricht.
- Du bist noch da drin?
- BadyBoy hat sie einfach abgeschlachtet. Dafür wird er bezahlen.
- Du lässt die Finger von ihm, hörst du? Wir werden uns darum kümmern. In ein oder zwei Stunden sind wir startklar, so lange richtest du bitte keinen Schaden mehr an.
- Ich weiß nicht, was ich mache, wenn ich diesem Dreckschwein begegne.
- Du wirst ihm aus dem Weg gehen. Du wirst jetzt dieses Iglu verlassen und keine Spuren mehr verwischen.
- Und wo soll ich deiner Meinung nach hin?
- Du wirst in den Wald laufen. Je weiter weg von diesem Chalet, desto besser. Wir kommen da rauf und kümmern uns um dich. Wir sind quasi startbereit.

- Ihr müsst euch nicht um mich kümmern und so tun, als wäre ich nicht mehr zurechnungsfähig.
- Ist doch keine Schande, wenn einem in deiner Lage die Kraft ausgeht. Emotional ist das schwer zu verkraften. Du wärst beinahe verbrannt und erfroren. Drei Menschen wurden brutal ermordet. Das ist selbst für einen wie dich zu viel. In so einer Situation kann man schon mal die Kontrolle verlieren.
- Ich habe die Kontrolle nicht verloren.
- Ich darf dich daran erinnern, dass du vor laufender Kamera einen Kerl verprügelt hast, der halb so alt ist wie du.
- Das hatte nichts zu bedeuten.
- Wahrscheinlich genauso wenig wie der Kontakt zum dritten Mordopfer, der ebenfalls gefilmt wurde.
- Nicht ich bin hier das Problem, Weichenberger.
- Vielleicht ja doch, Bronski. Könnte ja etwas dran sein an dem, was die Influencer im Netz über dich verbreiten. Du eignest dich als Täter mindestens genauso gut wie dieser BadyBoy. Liest man im Internet die Kommentare durch, möchte man meinen, du bist ein kranker Psychopath, vor dem man sich in Acht nehmen muss.
- Ich habe dich nicht angerufen, um mir diese Scheiße von dir anzuhören.
- Warum hast du mich dann angerufen? Vor allem, warum erst jetzt? Es hat sich doch bestimmt nichts geändert, oder? Die Bilder, die du mir eben geschickt hast, sind bestimmt schon lange vorher in Berlin gelandet, Bronski. Du blockierst von Anfang an die Ermittlungen, gefährdest dich und andere. Mir kommt es fast so vor, als hättet ihr das alles provoziert, du und die Verantwortlichen von eu-

rem Schmierblatt. Wenn ihr nicht beschlossen hättet, eine öffentliche Mörderjagd zu veranstalten, dann wäre es womöglich bei einem Opfer geblieben.
- Bist du jetzt fertig?
- Das ist erst der Anfang. Du wirst Verantwortung übernehmen müssen für das, was du getan hast. Oder besser für das, was du nicht getan hast.
- Ich habe nichts nach Berlin geschickt. Die Bilder hast nur du. Niemand soll das sehen. Was passiert ist, wollte ich nicht. Mir ist bewusst, dass das niemals hätte geschehen dürfen. Und sorg bitte dafür, dass Svenja nicht an diese Fotos kommt.
- Nach allem, was du gemacht hast, fällst du deiner Freundin jetzt in den Rücken?
- Das ist es doch, was du von mir willst. Also hör auf, mich anzumachen, und hol mich hier raus.
- Du meinst das wirklich ernst, oder?
- Tue ich. Sollte ich das hier überleben, werde ich mir einen anderen Job suchen. Ich habe genug Tote gesehen.
- Ich weiß, wovon du sprichst, Bronski. Das verstehen wahrscheinlich nicht viele, was es mit einem macht, wenn man dem Unheil ständig so nahe kommt. Wenn man ein Leben lang nur im Dreck wühlt. Irgendwann kann man nicht mehr unterscheiden, was gut ist und was böse. Es entgleitet einem. Das Herz kommt dem Kopf irgendwann nicht mehr hinterher. Ja, und man tut Dinge, die man nie für möglich gehalten hätte.
- Du denkst wirklich, dass ich etwas mit diesen Verbrechen zu tun habe?
- Als Polizist kann ich nichts ausschließen, vor allem dann

nicht, wenn ich nicht vor Ort bin, die Einzelheiten nicht kenne und nur über die Medien informiert werde, was vor sich geht.
- Du hast mir nicht zugehört, oder?
- Doch, habe ich. Tatsache ist, dass du Scheiße gebaut hast.
- Tatsache scheint auch zu sein, dass du ein Arschloch bist. Keine Ahnung, was meine Schwester an dir findet. Ich hoffe, es ist nur eine Frage der Zeit, bis auch sie begreift, mit wem sie es hier zu tun hat.
- Ich mache nur meine Arbeit.
- War wohl ein Fehler, dich anzurufen.
- Es war einer, dass du es erst jetzt getan hast. Also mach es nicht noch schlimmer, als es ohnehin schon ist, und tu, was ich dir gesagt habe.
- Ich soll mich also im Wald verstecken?
- Sollst du.
- Damit die anderen vor mir sicher sind? War echt eine Scheißidee, dich um Hilfe zu bitten.
- Ich würde sagen, es war die beste, die du in den letzten vier Tagen hattest.
- Fick dich, Weichenberger.
- Ruhig bleiben, Bronski. Wenn du nichts getan hast, musst du dir auch keine Sorgen machen. Wenn du unschuldig bist, hast du nichts von mir zu befürchten.
- Du kapierst es einfach nicht. Ich fürchte mich nicht vor dir, sondern vor diesem drogensüchtigen Drecksack, der dieses Blutbad hier angerichtet hat.
- Dir wird schon nichts passieren, Bronski.
- Und wenn doch?

SIEBENUNDDREISSIG

Ich ertrage es keine Sekunde länger.
Seine Stimme tut mir weh. Was er sagt.
Wütend drücke ich den roten Knopf.
Ich kann es nicht fassen, dass er sich gegen mich stellt. Ernsthaft in Erwägung zieht, dass ich etwas mit dem Tod von YogaBine zu tun haben könnte, mit diesem Akt der Grausamkeit.
Unvorstellbar, dass jemand so etwas macht, ein Messer an den Hals eines anderen führt und so tief schneidet, dass alles Leben aus dem Körper rinnt. Aus Sabines Körper, der neben mir liegt.
Nur einen halben Meter bin ich von ihr entfernt. Gemeinsam sind wir hier in dem dunklen, kleinen, nur vom Schein der Taschenlampe erhellten Raum. Nur lebe ich, und sie ist tot.
Ermordet in einer Höhle aus Schnee.
Erstaunt muss sie gewesen sein, als sie hier hereingekommen ist, keinen Augenblick lang hat sie damit gerechnet, dass er ihr etwas antun würde.
Du musst dir ansehen, Sabine, was ich entdeckt habe.

Die anderen wissen noch nichts davon.
Dann hat die Klinge ihre Haut berührt.
Er muss hinter ihr gestanden haben. Ohne Zögern hat er sie ausgelöscht, ihr dabei zugesehen, wie sie mit ihren Händen das Blut stoppen wollte, sich an den Hals fasste und dann zu Boden ging. Er hat zugehört, wie sie geschnaubt und gegurgelt hat. Er hat das frische Blut gerochen und beobachtet, wie das Leuchten aus ihren Augen verschwand. Er muss genau da gestanden sein, wo ich jetzt stehe.
Wahrscheinlich hat er sich auch dorthin gesetzt, wo ich mich jetzt hinsetze. Auf einen Karton, der neben der Leiche liegt. Er muss gewartet haben, bis sie tot war, wollte auf Nummer sicher gehen, bevor er das Iglu wieder verlässt. Sabine sollte für immer schweigen, nie jemandem mehr sagen können, wer sie aus ihrem Zimmer gelockt hat.
Ein kaltblütiger Mord war es.
Einer, der mich mehr berührt, als ich dachte.
Viel mehr.
Jeder Blick auf die Leiche versetzt mir einen Stich. Lähmt mich. Zwingt mich zu bleiben.
Auch wenn ich eigentlich davonlaufen will, rühre ich mich nicht vom Fleck. Obwohl ich weiß, dass es tatsächlich das Vernünftigste wäre, mich zwei Stunden im Wald zu verstecken, bis der Hubschrauber landet, entscheide ich mich dafür, in dem geschätzt vier Quadratmeter großen und knapp zwei Meter hohen Raum zu bleiben. Bei der Toten, die mich aus irgendeinem Grund nicht loslässt.
Es ist wahrscheinlich mein schlechtes Gewissen, es sind die Vorwürfe, die ich mir mache. Die mächtige Wunde, die sich

vor mir auftut und mich daran erinnert, dass ich bisher vor allem Glück hatte in meinem Leben. Glück, von dem ich immer dachte, dass es für mich nicht vorgesehen war. Tatsache ist, dass es mir immer gewogen blieb, egal, wie sehr ich es herausgefordert habe. Auch jetzt noch.

Mein Herz schlägt.

Ihres nicht mehr.

Meine Gedanken kreisen.

Ihre liegen stumm am Boden.

Ich suche einen Ausweg.

Für sie gibt es keinen mehr.

Was bleibt, ist nur dieser allerletzte Moment.

Dieser Augenblick, in dem ich noch einmal den Auslöser drücke. Weil ich neben den Bildern für Weichenberger, Regina und Svenja auch noch dieses eine mache.

Das Porträt vom Ende.

Still und heimlich.

Ihr leeres Gesicht.

Weiß wie der Schnee, der alles kaputt gemacht hat.

Mein Leben.

Das von Sabine.

Ihr Lachen. Diese freundlichen Mundwinkel, die sich vor einem Tag noch für mich gehoben haben. Die kleinen Lachfalten, die jetzt schweigen. Ich fotografiere sie.

Ihre Haare. Die Stirn.

Ich komponiere das Bild so, dass man die Wunde nicht mehr sieht. Kein Blut, keine Gewalt. Nur das, was bleibt, wenn man geht.

Digital mit dem Handy aufgenommen, aber wunderschön.

Vielleicht das letzte Foto, das ich in meinem Leben machen werde.
Post mortem.
Ich lehne mich an die Igluwand. Schaue auf das Display. Betrachte das Bild. Durch eine Linse. Zwischen mir und der Wirklichkeit ist wieder eine Kamera, dieser Abstand, der mich immer beschützt hat, am Ende aber nie wirklich da war.
Weil nämlich auch ich das Blut riechen kann.
Das Leid spüre, das ich nicht mehr ertragen kann.
Es ist so, als würde alles, was ich in den letzten zweiundzwanzig Jahren erlebt habe, nun endgültig auf mich einstürzen. Alles, was ich erfolgreich verdrängt habe, was jedem anderen den Atem genommen hätte, mir aber angeblich nichts anhaben konnte. Jetzt überschwemmt es mich.
Diese Traurigkeit.
Ich ertrinke in ihr.
Gehe unter.
Da ist keine Distanz mehr zwischen mir und dem Unheil.
Alles verschwimmt.
Fünf Minuten lang.
Zehn.
Dann plötzlich Geräusche.
Jemand nähert sich.
Kriecht durch den Tunnel.
Mit einem Lächeln kommt er auf mich zu.
Eine Waffe in der Hand.
Er zielt auf mich.
Und drückt ab.

ACHTUNDDREISSIG

BADYBOY & DAVID BRONSKI

– Knapp daneben ist auch vorbei.
– Du verdammtes Dreckschwein. Ich wusste es.
– Nicht bewegen, Bronski. Sonst treffe ich dich womöglich doch noch. Du musst wissen, ich bin Sportschütze, seit ich sieben Jahre alt bin. Meine Eltern haben mich dahingehend sehr gefördert. Sie wollten einen echten Mann aus mir machen, ist ihnen am Ende aber nicht geglückt. Schießen kann ich trotzdem. Habe sogar einen Waffenschein. Deshalb würde ich sagen, du rührst dich nicht vom Fleck, sonst wirst du deiner kleinen Freundin gleich Gesellschaft leisten.
– Warum hast du es getan?
– Das müsste wohl eher ich dich fragen, oder? Du bist schließlich der Psychopath, den es gilt, hinter Gitter zu bringen.
– Du willst ernsthaft mich für das alles verantwortlich machen?
– Will ich, ja. Ich dachte zwar am Anfang, dass du ein guter Kerl bist, aber so wie sich das alles entwickelt hat, hatte ich irgendwann keine Wahl mehr. Sich gegen dich zu stellen war am Ende die richtige Entscheidung.

– Niemand wird glauben, dass ich das getan habe.
– Da muss ich dich leider enttäuschen, Bronski. Alle glauben das. Niemand zweifelt an deiner Schuld. Die Stimmung im Netz ist ganz eindeutig gegen dich. Du hast nicht mehr viele Freunde da draußen. Ich würde sagen, ich habe es ganz gut hinbekommen, den Fokus auf dich zu lenken, deine Motive klarzumachen.
– Welche Motive? Du glaubst doch nicht ernsthaft, dass du mit all dem davonkommst? Dass man mich dafür verurteilen wird, was du getan hast?
– Was ich getan habe? Hör auf zu träumen. Du bist es, der hier mit einer Waffe bedroht wird, weil alle, die hier noch übrig sind, Angst vor dir haben. Ich weiß nicht, warum, aber ich würde sagen, du hast dir dein Grab selbst geschaufelt. Und es ist gar nicht notwendig, deine Schuld auf andere abzuwälzen. Die Polizei wird ohnehin alle Beweise finden.
– Welche Beweise?
– Das Messer, mit dem du YogaBines Hals durchschnitten hast, die Axt, mit der du den Rapper erschlagen hast. Sie werden deine Fingerabdrücke auf der Mordwaffe finden.
– Ich hatte nie eine Axt in der Hand.
– Sicher? Lassen wir uns überraschen. Sie werden hier alles auf den Kopf stellen und schließlich finden, was dich zweifelsfrei zum Mörder macht. Neben deinen Fingerabdrücken gibt es bestimmt auch genügend DNA-Spuren an den Fundorten. Es wird also nicht allzu kompliziert für die Bullen.
– Du hast mir die Axt und das Messer in die Hand gedrückt, als ich geschlafen habe. Du hast meine Fingerabdrücke dort

platziert und dir Handschuhe angezogen, als du sie getötet hast.
- Keine Ahnung, wovon du sprichst. Klingt etwas paranoid, aber natürlich verständlich, dass du versuchst, deinen süßen Arsch zu retten.
- Ist deine Kamera an?
- Siehst du eine? Ist ein bisschen zu eng hier für einen Filmdreh. Wir warten jetzt einfach mal, bis die Jungs in Uniform hier landen.
- Wenn du das Gespräch schon nicht aufzeichnest, warum sagst du dann nicht die Wahrheit? Warum erklärst du mir nicht, wie es dazu gekommen ist, warum du so unendlich weit gegangen bist? Nur um ein paar Follower zu gewinnen? Was läuft falsch in deinem Kopf? Warum dieses Iglu? Hattest du das alles geplant? War von Anfang an klar, dass sie alle drei sterben sollen? Mach dein verlogenes Maul auf.
- Du sprichst in Rätseln, Bronski.
- Kein Mensch wird dir dieses Theater abkaufen. Fuck you, BadyBoy. Hörst du mich? Fuck you.
- Du solltest ruhig bleiben, Bronski. Sonst kann ich nicht garantieren, dass diese Pistole hier nicht plötzlich losgeht. Am Ende wäre es wohl Notwehr, wenn ich dich jetzt erschießen würde. Wahrscheinlich wird man mir sogar dankbar sein, dass ich das Drama beendet und dich aus dem Weg geräumt habe. Und die Klickzahlen auf meiner Seite würden durch die Decke gehen. Ist also eine Überlegung wert, dich ein bisschen zu provozieren, damit du auf mich losgehst. Ich werde erzählen, dass ich dich hier gestellt habe, nachdem du es irgendwie geschafft hast, aus dem

Heizungsraum zu entkommen. Du bist auf mich losgegangen, und ich habe geschossen. So einfach ist das.
– Du wirst mich nicht töten.
– Und warum nicht? Du hättest es verdient. Und ich wäre der Held und hätte all meine Probleme gelöst.
– Ich habe mit dem leitenden Ermittler telefoniert, kurz bevor du hier rauf bist. Er weiß, dass ich unschuldig bin.
– Wie kann er das wissen?
– Er kennt mich, er weiß, dass ich zu so einer Tat nicht fähig bin. Dass ich Sabine das niemals hätte antun können.
– Den Eindruck hatte ich ehrlich gesagt nicht, als ich gerade mit ihm telefoniert habe. Er hat mich wohl angerufen, nachdem ihr beide euer Gespräch beendet hattet. Interessanter Typ. Hat viele Fragen gestellt. Vor allem aber hat er sich Sorgen um dich gemacht. Er ist von deiner Unschuld nicht überzeugt, im Gegenteil. Er traut es dir zu.
– Weichenberger will dich bloß in Sicherheit wiegen.
– Glaube ich nicht. Er hat mich sogar mehr oder weniger vor dir gewarnt. Er hat mir gesagt, dass ich einen weiten Bogen um das Iglu machen soll. Er wusste, dass du hier drin bist, und wollte nicht, dass ich dir begegne. Tatsache ist aber, dass ich hier als Erstes nach dir gesucht habe. Guter Mann also, dieser Weichenberger.
– Wenn du mich töten willst, warum tust du es nicht einfach?
– Du wirst es mir vielleicht nicht glauben wollen, aber ich habe keine bösen Absichten. Ich will dir nichts tun, Bronski. Ich werde lediglich dafür sorgen, dass du hier drinbleibst, bis die Polizei kommt. Wir wollen ja nicht, dass du noch jemandem wehtust.

- Ich bring dich um, BadyBoy.
- Genau das möchte ich verhindern. Deshalb erkläre ich dir jetzt, wie das hier laufen wird. Ich werde nach draußen gehen und auf die Polizei warten. Und du wirst dich keinen Millimeter von der Stelle rühren. Tust du es doch, erschieße ich dich. Niemand wird kommen, um dir zu helfen, du wirst verbluten, genauso wie deine kleine Freundin hier. Verstehst du das, Bronski? Solltest du in den nächsten sechzig Minuten aufstehen und das Iglu verlassen wollen, wirst du das nicht überleben. Ich behalte den Eingang im Auge. Sollte ich deinen Arsch da draußen sehen, drücke ich ab. Wie gesagt, nur um mich und die anderen zu schützen.
- Warum bleibst du nicht hier, bis die Polizei kommt? Erträgst du den Anblick nicht?
- Warum sollte ich hier noch länger mit dir und einer Leiche abhängen? Mir macht das leider weniger Freude als dir. Deshalb lasse ich dich jetzt allein. Aber nicht vergessen, Bronski, du hast schneller ein Loch im Bauch, als du laufen kannst. Also bleib, wo du bist, und gib mir dein Handy. Mach's dir mit YogaBine gemütlich und entspann dich.
- Damit kommst du nicht durch.
- Ich würde sagen, wir lassen es mal darauf ankommen.
- Ich schwöre dir, das überlebst du nicht.
- Sagte die Maus im Maul der Katze.
- Fick dich, BadyBoy.
- Du dich auch, Bronski.

NEUNUNDDREISSIG

Ich mache die Augen zu.
Bleibe auf meinem Karton sitzen, krieche BadyBoy nicht nach, laufe ihm nicht hinterher. Versuche nicht, ihm wehzutun, ihn niederzustrecken, auszuschalten. Ich bleibe. Bewege mich nicht.
Lasse einfach alles über mich ergehen.
Die Wut, die in mir aufgestiegen ist, drücke ich nach unten. Den Wunsch, ihn ebenso blutend am Boden zu sehen, ignoriere ich.
Wenn du überleben willst, bleib, wo du bist.
Mach deine Augen erst wieder auf, wenn man dich rausholt.
Sei endlich vernünftig, Bronski.
Ich flüstere vor mich hin und frage mich, warum er nicht geschossen hat, warum er mich nicht einfach zum Schweigen gebracht hat.
Seine Notwehrgeschichte würde wahrscheinlich sogar funktionieren. Man würde ihm seine Lügen glauben, ihn mit seiner wahnwitzigen Geschichte vom Amok laufenden Fotografen davonkommen lassen.

Nur abdrücken hätte er müssen. Es hätte keine Zeugen gegeben. Wäre ich an seiner Stelle gewesen, ich hätte es getan.
Er hat darauf verzichtet.
Aber warum?
Was zur Hölle ist da draußen los?
Das Motorengeräusch.
Warum hat er den Bully gestartet?
Ich bin zu langsam.
Begreife zu spät.
Vier, drei, zwei.
Eins.
Ich schnelle hoch, aber es ist vorbei.
Der Tunnel, der Ausgang, durch den ich vor fünf Sekunden hätte kriechen sollen, ich sehe, wie er verschwindet. Wie sich Schneemassen bewegen und das Licht des beginnenden Tages erlischt.
Ein scharfer Schnitt.
BadyBoy schreibt mit dem Pistengerät das Ende in den Schnee, er verhindert mein letztes Aufbäumen und nimmt mir meine Hilfeschreie aus dem Mund, noch bevor meine Lippen sie formen können.
Ich höre, wie er wild mit dem Bully hin und her pflügt.
BadyBoy verwischt alle Spuren, er lässt mich verschwinden. Schaufelt Schnee auf mich.
Anstatt mich zu erschießen, begräbt er mich lebend.
Jede Sekunde rechne ich damit, dass die Wände des Iglus einstürzen und mich die Schneemassen erdrücken.
Doch es passiert nicht.
Bonusspiel.

Ein paar Minuten habe ich noch.
Vielleicht eine halbe Stunde, bevor ich qualvoll ersticken werde. Kurz schreie ich auf. Doch ich halte inne. Erst wenn sie aus dem Tal heraufkommen, darf ich brüllen. Bis ich die Hilfsmannschaften in der Nähe hören kann, muss ich meinen Mund geschlossen halten. Darf so wenig Sauerstoff wie möglich verbrauchen.
Ruhig bleiben jetzt.
Gut überlegen, was das Klügste ist.
In welche Richtung ich graben soll, wo die Schneedecke am dünnsten ist. Ich versuche mich daran zu erinnern, wie das Iglu in den Hang gebaut ist, an welcher Stelle der Eingang war. Wo die Seitenwand ist, in die ich versuchen muss, ein Loch zu bohren. Nur ein kleines Loch, eines, das mir Zeit verschafft, mich mit Luft versorgt.
Ich muss graben. Nur mit den Händen, weil da sonst nichts ist, das mir helfen könnte. Mit meinen Fingern muss ich diese Unmengen von Schnee bewegen, mich durch die harte, verdichtete Wand des Iglus kratzen.
Es ist aussichtslos. Kostet zu viel Energie.
Bereits nach fünf Minuten breche ich zusammen.
Jeder Versuch, zu entkommen, ist sinnlos.
Ich zwinge mich, stillzusitzen.
Nicht durchzudrehen.
Die grausamen Gedanken niederzuringen.
Tatsache ist, dass du hier verrecken wirst, Bronski.
Du hast all dein Glück aufgebraucht.
Nimm es hin und komm jetzt nicht auf die Idee, zu jammern.
Das ist es doch, was du immer wolltest.

Nein, flüstere ich.
Denk an etwas Schönes.
Etwas, das dich hier rausbringt.
Mach schon, Bronski.
Und langsam kommen mir die Bilder von damals in den Kopf.
Verdrängen alles andere.
Den Schnee. Das Blut. Die Dunkelheit.
Da ist nur noch diese vertraute Stimme.
Ich erinnere mich an jedes Wort.
An diesen Nachmittag.
Ich bin sechzehn Jahre alt.
Und ich rede mit ihr.
Zum allerletzten Mal.

VIERZIG

THERESA BRONSKI & DAVID BRONSKI

- Setz dich kurz zu mir, David.
- Ich will nicht, dass du David zu mir sagst.
- Bitte.
- Was willst du?
- Mit meinem Sohn reden, wissen, wie es ihm geht, was in ihm vorgeht.
- Das hat dich noch nie interessiert, warum jetzt? Ich habe keine Zeit für so etwas.
- Bitte. Nur ein paar Minuten. Ich möchte dir sagen, dass es mir leidtut.
- Dass du schon wieder betrunken bist? Oder dass du nicht nüchtern warst, seit ich denken kann?
- Ich habe es wirklich versucht, David.
- Bronski.
- Ich wollte eine gute Mutter sein. Aber nachdem dein Vater uns verlassen hat, ist es mir entglitten. Der Alkohol hat mir anfangs geholfen. Irgendwann hat er aber angefangen, mich kaputt zu machen.
- Warum erzählst du mir das?

– Weil ich möchte, dass du weißt, dass ich mein Bestes gegeben habe.
– Dein Bestes ist nicht gut genug. Würde Anna sich nicht hier um alles kümmern, wäre diese beschissene Familie längst auseinandergebrochen.
– Du hast recht. Anna hat immer auf uns alle aufgepasst.
– Nicht sie sollte es sein, die auf dich aufpasst, sondern du auf sie. Du bist die Mutter, nicht Anna. Du hättest für uns da sein müssen.
– Ich weiß. Ich konnte es aber nicht. Kann es immer noch nicht. Ich bin zu schwach, Bronski. Schaffe es nicht einmal, auf mich selbst aufzupassen. Dreimal habe ich einen Entzug gemacht. Dreimal bin ich gescheitert. Deine Mutter hat auf allen Linien versagt.
– Hat sie, ja.
– Trotzdem möchte ich, dass du eines weißt.
– Komm mir jetzt nicht mit Liebe oder so einem Scheiß. Deine Liebe kannst du dir nämlich sonst wohin stecken.
– Ich verstehe, dass du wütend bist, aber du warst immer das Wichtigste in meinem Leben. Anna und du. Mein kleiner, trauriger Junge. Ich hoffe, dass du es besser hinbekommst als ich.
– Was soll ich hinbekommen?
– Alles, was du noch vor dir hast. Ich wünsche dir, dass du glücklich wirst. Dass du jemanden findest, der dich liebt. Dass du einen Beruf erlernst, der dir Freude macht. Vielleicht Kinder hast, Vater wirst. Du könntest das, Bronski.
– Ich habe keine Ahnung, warum du so komisches Zeug da-

herredest. Monatelang bekommst du deinen Mund nicht auf und jetzt das. Ich muss das nicht verstehen, oder?
- Ich werde nicht mehr lange da sein, David.
- Wo willst du denn hin?
- Weg. Für immer. Ich möchte mich von dir verabschieden.
- Du machst mir Angst, Mama.
- Schön, dass du das sagst.
- Was?
- Mama.
- Ich muss los, lass uns morgen weiterreden.
- Morgen ist es vielleicht zu spät. Ich möchte dich bitten, dass du bleibst, ein bisschen noch. Ich möchte dir sagen, dass es mir leidtut.
- Sagtest du schon.
- Ich möchte, dass du weißt, dass du das Wichtigste für mich bist.
- Auch das sagtest du schon. Es macht keinen Sinn, mit dir zu reden, wenn du betrunken bist.
- Ich werde sterben, David. Du und Anna werdet ohne mich zurechtkommen. Vielleicht besser als vorher. Mir ist nur wichtig, dass du es noch einmal gehört hast, bevor ich nicht mehr da bin.
- Du sollst aufhören, solchen Unsinn zu reden.
- Ich habe Krebs. Lange schon. Dass ich überhaupt noch mit dir reden kann, ist ein Wunder. Wenn es nach den Ärzten ginge, wäre ich längst schon unter der Erde.
- Du lügst.
- Nein, das tue ich nicht.
- Was für ein Krebs, verdammt noch mal?

– Bauchspeicheldrüse. Nur das Morphium und der Alkohol machen es noch halbwegs erträglich.
– Morphium?
– Die Tabletten, die ich nehme. Ich hoffe, dass sie wirken. Ich habe alle geschluckt, die noch in der Packung waren. Es wird nicht mehr lange dauern.
– Scheiße, was redest du da?
– Ich kann nicht mehr, David. Keinen weiteren Tag mehr. Keine Stunde.
– Wieso weiß ich nichts davon? Was ist mit Anna? Weiß sie es?
– Ich habe sie gebeten, dir nichts zu sagen. Bitte sei uns nicht böse. Wir wollten dich nur beschützen. Dir dein Leben nicht noch schwerer machen, als es ohnehin schon ist.
– Sag mir, dass das nicht wahr ist.
– Würde ich gerne, kann ich aber nicht. Wenn ich jetzt einschlafe, werde ich nicht mehr aufwachen. Ich werde hier liegen bleiben, bis sie mich holen.
– Niemand wird dich abholen. Wir bringen dich jetzt ins Krankenhaus und pumpen dir den Magen aus. Ich werde es nicht zulassen, dass du dich still und leise davonschleichst. Du wirst nicht einfach so sterben, hörst du.
– Es ist zu spät. Was du noch für mich tun kannst, ist, mir zu verzeihen. Das macht es uns beiden leichter, glaub mir. Mich zu hassen, wenn ich nicht mehr da bin, wird dich kaputt machen, ich weiß, wovon ich rede. Hätte ich deinen Vater einfach ziehen lassen und ihm nicht die Schuld für mein verkorkstes Leben gegeben, wäre wahrscheinlich vieles anders gekommen.

– Wenn ich dir also nicht verzeihe, werde ich zum Säufer, oder was? Du machst es dir wie immer verdammt einfach. Erwartest, dass ich mit allem einfach klarkomme. Du sagst mir, dass du sterben wirst, und nötigst mich, dein schlechtes Gewissen zu erleichtern. Wie kannst du nur?
– Ich verstehe, dass du mich verurteilst, aber bitte glaub mir, nichts bereue ich mehr in meinem Leben, als dass ich in den letzten zehn Jahren nicht für dich da war.
– Warum hast du mir das alles nicht schon viel früher gesagt?
– Weil ich betrunken war. Der Schnaps war immer wichtiger. Trotzdem liebe ich dich, David. Das habe ich immer getan, auch wenn ich dir das oft nicht zeigen konnte.
– Und wie stellst du dir deinen Abgang jetzt vor? Sollen wir Händchen halten, oder was?
– Du kannst mich in den Arm nehmen. Einmal noch.
– Dich in den Arm nehmen?
– Bitte, David.

EINUNDVIERZIG

Ich habe sie die ganze Nacht lang gehalten.
Bin bei ihr geblieben, war ihr so nahe wie noch nie zuvor in meinem Leben.
Kurz davor, zu ersticken und in diesem Iglu zu verenden, erinnere ich mich an die Nacht, in der meine Mutter in meinen Armen gestorben ist.
Sie ist eingeschlafen und nicht mehr aufgewacht, so wie sie es gesagt hat.
Jeden dieser letzten Augenblicke habe ich genossen. Ich habe sie gerochen, bin mit meinen Fingern durch ihr Haar gefahren. Ich war traurig und glücklich zugleich, habe alles in mich aufgesogen, mir alles an Liebe genommen, was ich noch bekommen konnte. Wie ein Rausch war es, eine Achterbahnfahrt zwischen Leben und Tod.
Ich habe sie atmen gehört. Flach und schwer, so wie ich jetzt atme.
Ich habe gespürt, wie sie kalt geworden ist in meinen Armen. Doch ich habe sie nicht losgelassen. Bis zum Morgen nicht.
Bis Anna gekommen ist und mich von ihr weggezogen hat,

mich in den Arm genommen hat, so wie ich Mutter in den Arm genommen habe.
Schön ist die Erinnerung an diese letzten Stunden. Sie hat mich all die Jahre am Leben gehalten, tut sie immer noch. Während ich im Dunklen warte, bis endlich Hilfe kommt.
Es war das erste Mal, dass ich dem Tod begegnet bin. Es war auch das erste Mal, dass ich ein Foto gemacht habe. Ich wollte die Erinnerung festhalten, dieses Bild meiner Mutter bewahren, diesen Moment konservieren. Ich drückte auf den Auslöser einer Sofortbildkamera und hielt meine Mutter am Leben. Ein Polaroid war es, das mir alles leichter machte. Das der Trauer die Wucht nahm, mit der sie mich verschlucken wollte.
Mein erstes Porträt. Mein letztes.
Meine Mutter. Und Sabine.
Ich weiß nicht, wie lange ich hier schon sitze. Wie viele Minuten schon vergangen sind, seit BadyBoy mich lebendig begraben hat. Fünfzehn Minuten, zwanzig? Ich habe keine Uhr, kein Zeitgefühl mehr. Aber ich merke, dass mir das Atmen schwerer fällt.
Lange bin ich nicht mehr bei Bewusstsein. Und wahrscheinlich steht auch die nächste Panikattacke kurz bevor. Jeden Moment rechne ich damit, dass mein Herz wieder verrücktspielt, dass mir der Schweiß ausbricht und ich nicht mehr klar denken kann. Zu wenig Sauerstoff dringt in meinen Körper.
Nur noch ein Zufall kann mich retten, die Entscheidung, an der richtigen Stelle zu schürfen, genau dort, wo die Schneedecke am dünnsten ist. Ich habe nur mehr einen einzigen Versuch, bin völlig auf mich allein gestellt.
In dieser Situation noch an Wunder zu glauben ist absurd,

und trotzdem tue ich es. Beginne, meine Finger in den harten Schnee zu wühlen. Ich zerkratze mit meinen Fingernägeln Eiskristalle, weil es mir Hoffnung gibt. Ich hinterfrage es nicht mehr. Ich werde so lange nach Luft graben, wie ich kann. Nicht dort, wo BadyBoy den Schnee zu Beton verdichtet hat, sondern gegenüber dem zugeschütteten Eingang. Dort, wo die Böschung ansteigt.
Ich bemühe mich. Gebe alles.
Aber es reicht nicht.
Mit meiner Gürtelschnalle versuche ich, schneller voranzukommen. Zehn Zentimeter, zwanzig. Ich habe keine Ahnung, wo BadyBoy das Iglu gebaut hat. Ob es einfach nur ein Loch ist oder er sich die Zeit genommen hat, mit einer Form Schneeziegel zu machen, die er gestapelt hat. Ziegel, die er sogar noch vereist hat.
Egal, wie besessen ich mit der Schnalle auf den Schnee einhacke, es passiert nichts, außer dass ich noch schwerer atme. Obwohl mein Lebenswille größer ist als jemals zuvor, kommt kein Licht in mein Gefängnis. Da ist nur die Taschenlampe, die ein klein wenig Hoffnung macht.
David Bronski ist da, wo er immer sein wollte.
Bei den Toten. Hautnah.
Ich sehe die Schlagzeilen vor mir.
Bronski auf Tuchfühlung mit dem Tod.
In seinen letzten Stunden träumte er den Albtraum seines Lebens.
Bronski neben einer Leiche erstickt.
Trotz aller Bemühungen kam jede Hilfe zu spät.
Das Ende des Blutfotografen.

Ich weiß, dass es so sein wird, will es aber nicht wahrhaben.
Kämpfe weiter gegen die Panik an, verdränge, was in den nächsten Minuten geschehen wird.
Bekomme nichts mehr davon mit.
Höre die Rotoren nur mehr aus der Ferne.
Begreife nicht mehr, dass sie kommen.
Ganz in meiner Nähe landen.
Meinen Namen rufen.
Nach mir suchen.
Und mich finden.

ZWEIUNDVIERZIG

ANNA BRONSKI & DAVID BRONSKI

- Danke, Anna.
- Kannst dich bei Franz bedanken. Er war es, der sofort reagiert hat.
- Wie habt ihr mich so schnell gefunden?
- Meandri. Sie hat vermutet, dass du noch hier drin bist, und uns gezeigt, wo wir graben müssen.
- Und was ist mit Svenja?
- Sie ist im Haus, bemüht sich um Interviews.
- Und BadyBoy?
- Ist weg. Verschwunden. Er hat Meandri noch k. o. geschlagen und sich dann in Luft aufgelöst.
- Und wie soll das gehen? Hier löst sich niemand in Luft auf, Anna.
- Keine Ahnung. Aber so wie es aussieht, war er besser auf das hier vorbereitet als alle anderen. Ich weiß nicht, wie, aber er hat es geschafft, von hier zu verschwinden, bevor wir aufgetaucht sind.
- Scheiße, Anna. Der kleine Dreckskerl hätte uns alle beinahe erledigt.

– Du hast überlebt, das ist das Wichtigste.
– Ich habe Mist gebaut.
– Sie wird sich wieder beruhigen, lass ihr Zeit. Svenja wird irgendwie damit umgehen. Ich weiß, dass sie froh ist, dass wir dich rechtzeitig aus dem Schneeloch gezogen haben. Du hast es wahrscheinlich nicht mitbekommen, aber sie hat beim Graben geholfen und dein Gesicht gestreichelt.
– Ich kann mir nicht vorstellen, dass sie mir das jemals verzeiht. Ich habe den Bogen weit überspannt.
– Du hast nicht die geringste Ahnung, wie sehr sie dich liebt, oder?
– Ich bin ein Idiot, Anna. Nicht nur, was Svenja betrifft.
– Ist mir klar, Bronski.
– Ich hätte ihn rechtzeitig aus dem Verkehr ziehen müssen. Ich hätte früher begreifen müssen, dass er für all das verantwortlich ist.
– Du musst dir keine Vorwürfe machen.
– Doch, muss ich. Wenn ich hier nicht aufgetaucht wäre, würden die anderen noch leben. Der Rapper und Yoga-Bine, auf gewisse Weise habe ich sie vielleicht alle auf dem Gewissen.
– Unsinn, Bronski. Ich habe beide Leichen gesehen. Wer so etwas tut, der macht seine Entscheidung, zu töten, sicher nicht von dir abhängig. Dein Auftauchen hat keinen Unterschied gemacht. Fakt ist, dass da schon vorher etwas schiefgelaufen ist im Kopf dieses Spinners. Frag mich nicht, warum, aber du hattest einfach das Pech, einem waschechten Psychopathen über den Weg zu laufen. Dieser Typ schreckt vor nichts zurück. Er wollte dich gleich

zweimal aus dem Weg räumen, und das ist verdammt sportlich, Bronski.
- Wie lange war ich außer Gefecht?
- Eine Stunde vielleicht. Als du zu dir gekommen bist, hat dir der Arzt was gespritzt.
- Ich fühle mich, als hätte mich der Pistenbully überrollt.
- Auf gewisse Art und Weise hat er das ja auch. Du hattest reichlich Glück, würde ich sagen. Dein Albtraum endet hier. Sie bringen euch gleich mal ins Tal. Meandri und du, ihr fliegt mit dem Rettungshubschrauber ins Krankenhaus. Ich komme mit Franz und dem DorfProleten nach, sobald wir hier fertig sind. Die Spurensicherung wird wahrscheinlich Tage brauchen, um das alles zu bewältigen.
- Was ist mit Meandri passiert?
- Als er aus dem Iglu gekommen ist und alles platt gemacht hat, hat sie ihn zur Rede gestellt. Sie hat ihn gefragt, wo du abgeblieben bist, und erst zu spät begriffen, dass nicht du es warst, vor dem sie sich fürchten muss. Sie wollte weglaufen, aber er hat sich eine Schaufel vom Pistenbully geholt und sie ihr über den Kopf gezogen. Platzwunde und Gehirnerschütterung, sie hatte Glück. Hätte er ein zweites Mal zugeschlagen, wäre sie wahrscheinlich tot.
- Ich hoffe, Weichenberger unternimmt alles, um dieses Dreckschwein zu finden. Er hat schließlich genug Zeit damit verbracht, sich den Kopf über mich zu zerbrechen.
- Franz kümmert sich.
- Dein Franz hat mich beschuldigt, anstatt seine Arbeit zu machen. Ich bin mir nicht sicher, ob du dich auf diesen Kerl verlassen kannst.

- Das lass mal meine Sorge sein. Außerdem musst du dich nicht darüber wundern, dass er sauer war und dich das spüren hat lassen. Du hast alles dafür getan, dir Feinde bei der Polizei zu machen. Jetzt musst du es auch aushalten, dass du mal ein bisschen Gegenwind bekommst.
- Ich gebe mir Mühe.
- Nicht jeder ist so verständnisvoll wie ich, das müsstest du langsam wissen.
- Da hast du recht, Anna. Ich vergesse nur manchmal, wie schön es ist, dass es dich gibt.
- Wirst du jetzt auf deine alten Tage noch sentimental?
- Ich habe da drin an Mama gedacht. Daran, wie sie gegangen ist.
- Oh. Ich verstehe.
- Tust du das?
- Du hast dir wieder Gedanken über das Sterben gemacht, stimmt's? Und bist erneut zu dem Punkt gekommen, dass es zu früh ist für dich, abzutreten.
- Woher weißt du das?
- Ich kenne dich, Bronski. Wahrscheinlich besser als du dich selbst. Deshalb weiß ich, dass du jetzt gehen wirst, um ihn zu suchen. Dass du erst aufhören wirst, ihn zu jagen, wenn er entweder tot oder hinter Gittern ist.
- Du denkst, das ist das Einzige, was mir wichtig ist?
- Wenn du könntest, würdest du ihm die Haut abziehen. Du würdest nichts lieber tun, als ihm seine Fresse zu polieren. Und genau deshalb wirst du mir jetzt gleich sagen, dass du nicht mit dem Rettungshubschrauber ins Krankenhaus fliegen wirst, sondern losziehen wirst, um ein-

mal mehr die Arbeit der Polizei zu erledigen. Du wirst weiter Cowboy spielen, und niemand wird dich stoppen können. Franz sowieso nicht, aber auch Svenja und ich nicht. Bronski atmet kurz durch und zieht dann weiter. So ist es doch, oder?
- So ist es nicht, Anna.
- Und wie ist es dann?
- Ich werde nie mehr jemandem hinterherrennen. Zumindest keinem Psychopathen mehr. Ob du mir glaubst oder nicht, damit bin ich endgültig durch.
- Glaubst du dir doch selbst nicht. Erst wenn du wirklich tot bist, hörst du damit auf.
- Ich habe eine Entscheidung getroffen, Anna. Ich höre damit auf.
- Womit?
- Diesen Fotos. Meinem Job. All den Toten. Ich kann nicht mehr. Will das alles nicht mehr sehen. Kein Blut mehr, Anna.
- Dein Ernst?
- Ein weiteres Mal habe ich nicht so viel Glück, das ist mir klar geworden. Außerdem habe ich Panikattacken und halluziniere. Ich werde mich erst im Krankenhaus untersuchen lassen und anschließend freiwillig in eine psychiatrische Einrichtung begeben. So wie es aussieht, brauche ich dringend Hilfe.
- Du überraschst mich, Bronski.
- Ich überrasche mich selbst. Aber eine andere Wahl habe ich nicht mehr. Wenn ich für Judith da sein und ein halbwegs normales Leben führen will, sollte ich mir endlich all

die Fragen stellen, die ich mir in den letzten dreißig Jahren nie gestellt habe. Ob mich das retten wird, weiß ich nicht, einen Versuch ist es aber wert.
- Ich bin stolz auf dich, kleiner Bruder.
- Warte ab. Wer weiß, wie lange das hier noch alles dauert. Vielleicht überlege ich es mir ja auch anders, wenn ich endlich von diesem Scheißberg runterkomme.
- Deine detaillierte Aussage kannst du später machen, ich habe Franz gebeten, dass er dich erst mal in Ruhe lässt.
- Danke, Anna. Für alles.
- Egal, was du vorhast, ich bin für dich da. Und jetzt mach dich vom Acker.
- Ihr müsst die Leiche von RosaLex finden.
- Das werden wir.
- Und BadyBoy.
- Du sollst abhauen, Bronski.

DREIUNDVIERZIG

Anstatt mich zu verurteilen, zwinkert Anna mir zu.
Ich sitze auf einer Bank in der Sonne, lehne an der Hauswand und verspreche ihr, mich langsam Richtung Hubschrauber zu bewegen, mich in Sicherheit zu bringen, mich von dem strahlenden Wetter nicht täuschen zu lassen. Dem blauen Himmel über mir.
Kein verdammter Schnee fällt.
Das viele Weiß hat nichts Bedrohliches mehr.
Wären da nicht all die Menschen, die mit betretenen Mienen herumlaufen und ihre Arbeit verrichten, könnte man meinen, es wäre alles gut. Ein normaler Tag zur besten Mittagszeit.
Der Anfang von etwas Schönem.
Doch in Wahrheit ist es das Ende.
Die Idylle, die sich plötzlich vor mir und den anderen auftut, kann nur Betrug sein. Die Hölle hat sich in ein Winter Wonderland verwandelt. Wir sind nur noch stumme Zeugen von etwas Schrecklichem. Was wir erlebt haben, verblasst in jeder Minute mehr, in der die Sonne auf alles scheint.
Spurensicherung, Sanitäter, Bergrettung, Kripobeamte, wir

schauen zu, wie sie die Verbrechen aufklären wollen, die vor unseren Augen begangen wurden. Mit den beiden Helikoptern müssen sie mehrmals ins Tal geflogen sein, um all die Beamten hier raufzubringen. Mindestens dreißig Personen versuchen sich einen Überblick zu verschaffen. Sie beugen sich über die beiden Leichen und suchen eine dritte.

Das Luxuschalet am Ende der Welt wurde zum Tatort.

Alle, die überlebt haben, bleiben als Opfer zurück.

Der DorfProlet.

Meandri.

Ich.

Unsere Zeugenaussagen sind wichtig. Alles, was wir in den letzten Tagen gesehen und gehört haben. Sie werden es bis ins kleinste Detail mit uns durchsprechen. Für jeden geposteten Augenblick werden sie einen Kommentar oder eine Erklärung von uns wollen. Stundenlang werden wir antworten.

Aber erst noch sollen Meandri und ich untersucht und verarztet werden, während der DorfProlet bereits in die Mangel genommen wird. Jedes intime Detail, das noch nicht öffentlich gemacht wurde, wird zur erfolgreichen Ermittlung beitragen und zugleich zur Nachricht werden. Die Flut an Informationen, die nach außen dringt, lässt sich nicht stoppen. Heimlich und so, dass es die Polizisten nicht mitkriegen, fotografieren und posten die beiden schon wieder.

Immer noch geht es um Reichweite.

Eine einzige Inszenierung ist das.

Wie auf einem Film-Set komme ich mir vor. Während einer Drehpause bekommen wir Tee, werden in warme Decken gehüllt, man kümmert sich um uns und gleichzeitig um das

Set, den Drehort, die Requisiten, das Blut im Schnee. Alles soll so authentisch wie möglich sein, und wenn die Kameras wieder angehen, soll niemand einen Zweifel daran haben, dass sich alles so zugetragen hat, wie es im Drehbuch steht.
Sosehr ich auch daran glauben will, dass es vorbei ist, es will mir nicht gelingen. In fünf Minuten sind wir startbereit für den Flug ins Krankenhaus. Ich nicke nur. Beobachte.
Sehe zu, wie der DorfProlet von Weichenberger befragt wird. Wie er kurz zu mir herüberschaut, mir zulächelt, sich vielleicht ein wenig freut, dass ich lebe. Der gebildete Jurist, der vorgibt, ein Prolet zu sein. Er hat mir geholfen, mich freigelassen. Er ist genauso ein Opfer wie ich, wir standen in der Schusslinie des Amokläufers.
Alle, denen BadyBoy vorgemacht hat, dass er ein Unschuldslamm ist, waren Kanonenfutter für ihn. Mittel zum Zweck. Wir waren zur falschen Zeit am falschen Ort, zu gierig, unvernünftig, unvorsichtig. Wir haben alles für diese Story getan, jeder von uns. Wir haben für Transparenz gesorgt. Dem Täter eine Bühne gegeben und am Ende dem Grauen einen Namen.
BadyBoy.
Eine verlorene Seele, vernachlässigt, ungeliebt. Auf der Flucht, berechnend und durchtrieben. Vorausschauend, weil er es irgendwie geschafft hat zu verschwinden. BadyBoy hat einen Weg gefunden, der Schneehölle zu entkommen, ohne das Pistengerät zu verwenden. Ich habe keine Ahnung, wie er es angestellt hat.
Wie weit ist er gekommen? Kann man ihn vom Hubschrauber aus entdecken? Wie lange wird es dauern, bis sie ihn festsetzen

und einsperren, daran hindern, noch jemanden zu töten und Profit daraus zu schlagen?

Denn darum geht es.

Deswegen nehme ich das Tablet, das Anna mir in die Hand gedrückt hat. Mein Telefon wurde noch nicht gefunden. Es ist ausgeschaltet und kann nicht geortet werden. BadyBoy muss es bei sich haben, er hat alles durchdacht, macht keine Fehler. Um nicht sofort aufgespürt zu werden, verzichtet er sogar auf das, was er am liebsten tut.

Er postet nicht.

Nichts über mich.

Nicht über seine Flucht.

Er ist untergetaucht. Offline.

Nicht mehr mein Problem, denke ich.

Du wirst jetzt aufstehen und zum Helikopter gehen, Bronski.

Weitergehen. Neben Meandri.

Sie wird von Sanitätern gestützt. Steigt vor mir ein.

Man will Meandri auf eine Liege betten, doch sie lehnt ab, setzt sich mir gegenüber und schnallt sich an. Wir bekommen Kopfhörer. Mit einem gequälten Lächeln gibt sie dem Sanitäter zu verstehen, dass es ihr so weit gut geht. Dieser nimmt Platz, der Pilot startet den Motor.

Ich kontrolliere meinen Gurt, schaue aus dem Fenster, spüre, wie wir vom Boden abheben. In die Höhe steigen. Ich sehe Anna und Svenja, wie sie zu mir nach oben schauen. Svenja winkt.

Dann entfernen wir uns.

Die Leichen im Schnee verschwinden langsam aus unserem Blickfeld.

Unter mir die Hölle.
Nur zwei Stimmen bleiben.
Meandris und meine.
Ich rücke mein Headset zurecht und spreche in das Mikrofon.
Die Rotorblätter sind unerträglich laut.
Kannst du mich hören?
Kann ich, antwortet sie.
Dann sehe ich, wie ihr etwas aus der Jackentasche fällt.
Wie sie sich bückt.
Es aufhebt.
Wegsteckt.
Und dann begreife ich.

VIERUNDVIERZIG

LAURAMEANDRI & DAVID BRONSKI

- Flugangst?
- Mach dir keine Sorgen um mich, Bronski. Ist nicht mein erstes Mal.
- Was ist mit deinem Gepäck?
- Kommt später nach. Einer der Polizisten hat mir versprochen, dass ich die Koffer bald wiedersehe.
- Na dann.
- Tut mir leid, Bronski.
- Du musst dich nicht bei mir entschuldigen.
- Doch, das muss ich. Dass ich mich geirrt habe, ist unverzeihlich. Dich zu verdächtigen und da unten im Heizungskeller einzusperren, das hätten wir nicht tun dürfen.
- Schon gut. Wir leben, das ist das Wichtigste. Wir hatten wohl beide eine ordentliche Portion Glück.
- Unfassbar, was alles passiert ist.
- Tut's noch weh?
- In meinem Kopf hämmert es, als würde da oben jemand mit einem Hammer gegen meine Schädeldecke schlagen. Aber wie heißt es so schön? Augen zu und durch. Ich kann

es mir nicht leisten, längere Zeit auszufallen. Meine Fans wollen auf dem neuesten Stand bleiben.
- Du bist ganz schön tough.
- Stört es dich, wenn ich ein Bild von dir mache? Kommt gut. Wir beide im Rettungshubschrauber.
- Mir egal.
- Das sollte es nicht sein, Bronski. Immerhin kannst du dich jetzt in der Öffentlichkeit reinwaschen. Den Leuten da draußen sagen, dass du zu Unrecht beschuldigt wurdest.
- So wie es aussieht, erledigst du das ja für mich. Also mach schon, drück ab. Oder, noch besser, mach ein Video von mir, in dem ich mich bei dir bedanke, dass du der Polizei gesagt hast, wo sie suchen muss. Ich könnte dir helfen, dich noch mehr zur Heldin zu stilisieren, als du es ohnehin schon tust.
- Du findest es immer noch lächerlich, was wir machen, nicht wahr?
- Nicht lächerlich, sondern gefährlich.
- Inwiefern?
- Nicht nur wir mit unserer Berichterstattung, sondern auch ihr mit euren Feeds habt beigetragen zu dem, was letztlich passiert ist. Am Ende sind wir alle ein Stück weit dafür verantwortlich für das, was passiert ist.
- Mir ist schon klar, dass es dir darum geht, einen Schuldigen zu finden. Dass hier in den letzten fünf Tagen aber auch etwas Großartiges passiert ist, siehst du nicht. Etwas Unvergessliches. Sosehr wir alle verabscheuen, was geschehen ist, es bewegt die Menschen da draußen mehr als alles andere. Ich würde sogar von einem Jahrhundertereignis sprechen.

Quasi live im Netz wurden Morde begangen. Es gab mehrere Verdächtige, ein paar veritable Sexszenen und prominente Opfer, und das alles vor einer spektakulären Kulisse am Ende der Welt.
- Du klingst, als wärst du begeistert.
- Bin ich, Bronski. Auch wenn ich beinahe selbst dran geglaubt hätte, ich brenne nach wie vor für diese Story. Am Ende ist es das Beste, was mir passieren konnte. Rein wirtschaftlich gesehen, meine ich natürlich.
- Und was ist mit denen, die gestorben sind?
- Ist es weniger verwerflich, wenn sich deine Chefin über steigende Auflagenzahlen freut? Was für euch Journalisten gilt, sollte auch für uns gelten, oder? Wenn du also geheuchelte Betroffenheit von mir erwartest, muss ich dich enttäuschen. Die Opfer interessieren mich weit weniger als die Täter. Aber auch, was das betrifft, sind wir beide uns nicht ganz unähnlich, oder?
- Wir beide haben nichts miteinander gemein.
- Das Böse fasziniert dich doch genauso wie mich.
- Nein, es stößt mich ab.
- Trotzdem läufst du ihm hinterher wie ein hechelnder Hund.
- Nicht mehr. Du wirst es mir nicht glauben, aber ich bin dir im Moment einen Schritt voraus.
- Heißt?
- Ich kündige. Das nächste Blaulicht, das angeht, ignoriere ich. Keine Toten mehr, keine Mörder, keine Fotos, kein Internet. Das war's für mich, Laura.
- Du lässt unseren BadyBoy einfach ziehen?

– Da sind genug Leute, die nach ihm suchen. Mich braucht es dazu nicht weiter.
– Bist du nicht sauer auf ihn? Kein Bock auf ein bisschen Rache? Kann dir doch nicht gleichgültig sein, dass er dich in diesem Iglu verrecken lassen wollte.
– Die Polizei kümmert sich darum.
– Na, da erwarte dir mal nicht zu viel. Der Junge ist in der Zwischenzeit bestimmt über alle Berge. Dieser Mistkerl ist wesentlich intelligenter, als ich immer gedacht habe. Hätte ich ihm tatsächlich nicht zugetraut, das alles. Keiner von uns. Er kam hier mit dem perfekten Plan an und hat ihn beinhart umgesetzt.
– Ich würde eher sagen, es war Improvisation. Niemand hätte damit rechnen können, dass man die Leiche von RosaLex findet. Dass ich bei euch aufgetaucht bin, war nicht vorgesehen, deshalb denke ich auch, dass die ganze Sache einfach aus dem Ruder gelaufen ist. Er hat spontan entschieden und impulsiv gehandelt. Es war bestimmt nicht von Anfang an vorgesehen, dass drei Menschen sterben. Ich würde sogar so weit gehen und behaupten, dass der Mörder, mit dem wir es hier zu tun haben, ein völliger Stümper ist.
– Ein Stümper?
– Er hat sich die Mühe gemacht, mich vor aller Welt zum Täter zu stilisieren, mich aber im Iglu lebendig begraben und sich damit selbst ans Messer geliefert. Das ist nicht sonderlich intelligent, wenn du mich fragst.
– Findest du nicht?
– Warum hat BadyBoy dich am Leben gelassen? Ich frage

mich, warum er nur einmal zugeschlagen, dich nicht für immer aus dem Weg geräumt hat.
- Du hast wahrscheinlich recht. Am Ende ist er ein kranker, drogensüchtiger Gewalttäter, der Rot gesehen hat.
- Du weißt von seiner Abhängigkeit?
- Natürlich. Alle wussten davon.
- Aber ihr habt es nicht öffentlich gemacht? Warum nicht? Euch ist doch auch sonst jedes Mittel recht, um Rumor zu erzeugen.
- Sucht ist eine Krankheit. Wenn er es nicht öffentlich macht, tun wir das auch nicht. Das war unsere Vereinbarung.
- Du hast auch Erfahrungen mit Drogen?
- Um Himmels willen, nein. Ich verliere ungern die Kontrolle. Deshalb bleibe ich normalerweise auch lieber bei Wasser und Tee. Muss aber niemand da draußen wissen.
- Hast du eine Idee, wo BadyBoy hin sein könnte?
- Wenn ich das wüsste, hätte ich es der Polizei gesagt.
- Du hast also nicht die leiseste Ahnung, wie er es schaffen konnte, zu verschwinden, ohne Spuren zu hinterlassen?
- Wie meinst du das?
- Als wir gerade gestartet sind, habe ich nach unten gesehen. Aus der Luft kann man das Gelände perfekt überblicken. Das Haus, die Scheune, den Vorplatz, den Garten und die Stelle, an der das Iglu gebaut wurde.
- Und?
- Der viele Schnee und das gute Wetter machen es einfach. Man kann genau erkennen, wo jemand gegangen ist und wo nicht. Wenn eine Person in den letzten Stunden das Grundstück verlassen hätte, würde man es sehen. Fuß- oder

Fahrzeugspuren. Hätte BadyBoy etwa ein weiteres Schneefahrzeug für seine Flucht abgestellt und wäre er zu Fuß dorthin aufgebrochen, nachdem er dich niedergeschlagen hat, müsste man das aus der Luft erkennen können.
- Was willst du mir sagen, Bronski?
- Dass BadyBoy noch irgendwo da unten sein muss.
- Unsinn, er wartet doch nicht in aller Seelenruhe auf die Polizei und lässt sich verhaften. Wenn du denkst, dass er sich irgendwo im Haus oder in der Scheune versteckt hat, bist du naiver, als ich dachte. Die sind dabei, alles zu durchsuchen, sie werden jeden Winkel des Hauses durchkämmen. BadyBoy ist längst über alle Berge, darauf wette ich. Ich weiß nicht, wie, aber irgendwie hat er es möglich gemacht.
- Jemanden zu töten ist eine Sache, Wunder zu vollbringen eine andere.
- Wie du schon gesagt hast, die Polizei wird ihn am Ende finden. Ich werde mir nicht weiter den Kopf zermartern und mir Gedanken über seinen Fluchtweg machen. Ich habe Wichtigeres zu tun.
- Nämlich?
- Urlaub. Wenn die mich verarztet haben und ich meine Aussage gemacht habe, werde ich meine Füße hochlegen und die Sache nur noch aus der Ferne betrachten. Auch wenn ich diesen Ausflug sehr genossen habe, muss ich zugeben, dass das auch für mich etwas viel war. Solange dieser Irre nicht gefasst ist, kann es nicht schaden, sich in Sicherheit zu bringen. Wer weiß, was ihm noch alles einfällt.
- Und wohin geht die Reise?

– Südamerika. Das Schöne an meiner Arbeit ist, dass ich sie überall erledigen kann. Ich habe mir übrigens überlegt, ein Buch über die ganze Sache zu schreiben. Oder, noch besser, ein Drehbuch. Ich bin bereits in Kontakt mit einem Produzenten. Die sind heiß auf meine Geschichte.
– Deine Geschichte? Sollten da die anderen, die überlebt haben, nicht auch ein Wörtchen mitreden?
– Derjenige, der am meisten zu erzählen hat, schöpft den meisten Rahm ab.
– Verstehe.
– Ganz schlecht wirst du mit deinen Fotos doch bestimmt auch nicht verdienen, oder? War für dich doch ebenfalls ein Glücksfall, dass du hier oben gestrandet bist. Von den Bildern wirst du eine ganze Zeit leben können. Bis es zur Anklage kommt, bist du wahrscheinlich ein reicher Mann.
– Nicht so reich wie du. Wenn man sich ansieht, wie viele neue Follower du hast und wie oft deine Seite frequentiert wird, möchte man meinen, du ziehst den allergrößten Gewinn aus diesen Verbrechen. Man könnte fast denken, dass du es bist, die hier die Fäden zieht.
– Du schmeichelst mir, aber ich bin genauso ein Opfer wie du. Eine Narbe im Gesicht einer Frau richtet größeren Schaden an, als du denkst.
– Das sehe ich anders. Diese kleine Narbe sorgt nämlich dafür, dass man dich in Ruhe lässt. Niemand wird dich daran hindern, das Land zu verlassen.
– Ich kann dir nicht folgen.
– Ich nehme an, dass keiner außer mir vermutet, dass du dir diese Wunde selbst beigebracht hast.

– Spinnst du? Ich soll mir selbst eine Schaufel auf den Kopf geschlagen haben? Jetzt wird mir das aber langsam zu dumm. Was du mir da unterstellst, ist völlig absurd.
– Je länger ich darüber nachdenke, desto mehr macht es Sinn. Du hast gerade mal so fest zugeschlagen, dass deine Haut aufgeplatzt ist. Und die Gehirnerschütterung hast du nur vorgetäuscht.
– Jetzt geht es aber ganz schön mit dir durch, Bronski. Du hast wahrscheinlich zu viele Krimis gelesen.
– Was, wenn ich die ganze Zeit falschlag und nicht BadyBoy die drei umgebracht hat?
– Für mich ist das Thema erledigt, Bronski.
– Der Schlüssel, Meandri.
– Welcher Schlüssel?
– Er ist dir aus der Jackentasche gefallen, kurz nachdem wir in den Hubschrauber gestiegen sind.
– Ich weiß nicht, was du meinst.
– *Du* bist mit dem Pistenbully gefahren. Nicht BadyBoy. Nicht er hat den Eingang des Iglus verschüttet. Du warst es.
– Darauf kommst du, weil mir irgendein Schlüssel aus der Tasche gefallen ist?
– Nicht irgendeiner. Er steckte im Zündschloss des Pistengeräts, als ich ihn zuletzt gesehen habe.
– Keine Ahnung, wovon du redest.
– Du weißt ganz genau, wovon ich rede. Und deshalb werden wir jetzt wieder landen. Umdrehen und landen. Und zwar sofort.
– Nein, Bronski. Das werden wir nicht.

FÜNFUNDVIERZIG

Zwei Minuten lang passiert nichts.

Wir rühren uns nicht, schauen uns nur an. Jede Sekunde rechne ich damit, dass sie sich abschnallen und auf mich losgehen wird. Die Wut in ihren Augen sagt mir, dass ich recht habe, dass ich mit allem, was ich ihr vorgeworfen habe, richtigliege.

Alles, was ich bis kurz vor dem Start des Hubschraubers für unmöglich gehalten hätte, muss tatsächlich genau so geschehen sein.

Ich wollte es nicht sehen, habe immer ausgeschlossen, dass eine Frau dazu fähig sein könnte. Jetzt aber ist es das Einzige, das Sinn ergibt. Und ich muss etwas tun, um es zu beweisen. Meandri aufhalten. Sie daran hindern, zu verschwinden, bevor auch die Polizei weiß, was wirklich passiert ist.

LauraMeandri. Sie hatte sieben Millionen Follower, als sie hierherkam. Jetzt sind es zehn.

Und bald schon werden es fünfzehn sein.

Der Feed einer Mörderin.

Ihr Buch.

Ein Film.

Wie auch immer sie sich vorgestellt hat, damit davonzukommen, sie hat es darauf angelegt. Sie war es, die improvisiert hat, nicht BadyBoy. Sie hat das alles inszeniert.

Die Gedanken jagen durch meinen Kopf, während wir weiter talwärts fliegen. Das Adrenalin peitscht mich, jeder Muskel ist angespannt, ich bin bereit, mich zu wehren, wenn es eskaliert. Kein weiteres Wort ist nötig, um die Wahrheit zu erfahren. Keine Frage mehr, keine Antwort von ihr. Mit Blicken hat sie mich bereits getötet. Mit einer Kälte, die mir unheimlich ist, fixiert sie mich, gibt mir zu verstehen, dass sie zu allem bereit ist.

Einer mehr oder weniger spielt keine Rolle.

Wenn du jetzt nicht still bist, stirbst du.

Beim dritten Versuch klappt es, Bronski.

Sie sagt es nicht laut.

Lächelt.

Gibt dem Sanitäter, der neben uns sitzt und unser Gespräch mit großer Wahrscheinlichkeit über Kopfhörer mit angehört hat, zu verstehen, dass alles in Ordnung ist. Dass er sich keine Sorgen machen muss. Sie spielt alles herunter, wiegt die Besatzung in Sicherheit, stellt mich als Verrückten hin, der sie mit wahnwitzigen Theorien konfrontiert.

Lasst ihn einfach reden, Jungs.

Sie nimmt Augenkontakt mit dem Sanitäter auf.

Zieht die Brauen hoch. Schüttelt mitleidig den Kopf.

Allein mit ihrer Mimik und Gestik diskreditiert sie mich.

Der gute Mann hat sich nicht mehr unter Kontrolle.

Wir werden weiterfliegen. Nicht umdrehen.

We stick to the plan.
Doch das tun wir nicht.
Weil ich erst zur Ruhe kommen kann, wenn das hier endgültig alles vorbei ist. Es keine unbeantworteten Fragen mehr gibt und alle wissen, was passiert ist. Deshalb spreche ich es aus.
Ich weiß, wo er ist, sage ich.
Dann flehe ich den Piloten an.
Wenn wir nicht zurückfliegen, stirbt er.
Es geht um jede Minute.
Ich weiß, was sie getan hat.
Ich wiederhole es.
Bis er mir glaubt.
Und wendet.

SECHSUNDVIERZIG

FRANZ WEICHENBERGER & DAVID BRONSKI

- Was du da erzählst, ist haarsträubend, Bronski.
- Aber es ist wahr.
- Sagst du. Meandri sagt etwas anderes. Es gibt keine Beweise für deine Behauptungen. Wir können sie hier nicht länger festhalten. Wenn wir ihr die medizinische Versorgung verwehren, verklagt sie uns. Sie besteht darauf, sofort ins Krankenhaus gebracht zu werden, sie will, dass ihr Kopf untersucht wird. Computertomografie, das volle Programm. Sie könnte ein Blutgerinnsel haben. Sie sagt, sie hätte unerträgliche Schmerzen. Wir können das nicht verantworten, Bronski.
- Hast du den Eindruck, dass sie dabei ist, zu sterben? Dir muss doch klar sein, dass sie simuliert.
- Ich kann nicht in ihren Kopf schauen, Bronski.
- Ich weiß, dass sie lügt.
- Tut mir leid, Bronski, aber ich glaube, du hast dich da in etwas verrannt. Vor einer Stunde warst du noch fest davon überzeugt, dass BadyBoy unser Mann ist, und nun servierst du uns die nächste Täterin. So funktioniert Polizeiarbeit

nicht. Wir raten nicht, wir ermitteln. Wir verlassen uns auf Fakten. Wir sichern und untersuchen Spuren. Und wir werden alle Beteiligten verhören. Auch Meandri. Aber zuerst muss sie ins Krankenhaus. So sind nun mal die Regeln.
- Die Sanitäter sagen, sie können das verantworten.
- Aber ich nicht.
- Nur ein paar Minuten.
- Du hörst mir nicht zu, oder? Seit einer halben Stunde kämmen meine Leute das ganze Gelände durch. Da ist nichts, Bronski.
- Sie sollen weiter mit dem Bully den Schnee wegschieben. Genau dort, wo sie planiert hat. Zwanzig Meter im Umkreis des Iglus. BadyBoy muss da irgendwo sein.
- Und wenn nicht?
- Gebe ich dir und Anna meinen Segen.
- Den brauche ich nicht, Bronski.
- Bitte. Ich singe auch bei deiner Hochzeit.
- Du bist mein persönlicher Albtraum.
- Tut mir leid. Ich verspreche dir, dass das aufhört, wenn du mir noch ein paar Minuten gibst.
- Du bist tatsächlich überzeugt, dass Meandri ihn mit dem Pistengerät verscharrt hat?
- Ja, und ich gehe davon aus, dass er tot ist. Er hat nicht gepackt, oder? Nichts mitgenommen. Geld, Papiere, es ist alles noch auf seinem Zimmer, richtig?
- Ja.
- Entweder hat sie ihn sofort umgebracht, als er aus dem Iglu gekrochen ist, oder sie hat ihn einfach nur niedergeschlagen, bei lebendigem Leib überfahren und mit ein paar Ton-

nen Schnee bedeckt. Ich habe nicht verstanden, warum, aber BadyBoy hatte Angst vor mir und mich deshalb mit der Waffe bedroht. Er hat mich gezwungen, im Iglu zu bleiben, und dachte, damit wäre er in Sicherheit. Zwei Minuten später war er tot.

- Du traust Meandri so eine grausame Tat zu?
- Man sollte jedem alles zutrauen. Ich habe leider den Fehler gemacht, es nicht zu tun. Ich habe sie alle unterschätzt, mich benommen wie ein Idiot, mehrfach meine Meinung geändert. Die Nerven verloren und mich von den Panikattacken treiben lassen. Wenn du so willst, habe ich auf ganzer Linie versagt. Aber jetzt liege ich richtig, BadyBoy steckt da irgendwo vor uns unter dem Schnee.
- Und darauf kommst du einzig und allein deshalb, weil sie den Schlüssel für das Pistengerät bei sich hatte?
- Sie war die Letzte, die damit gefahren ist.
- Kann sie das überhaupt? Ist bestimmt nicht ganz einfach, so ein Ding zu bedienen. Solche Schneemassen zu bewegen erfordert doch sicher technisches Geschick.
- Sie ist auf dem Land groß geworden. Kennt sich aus mit schwerem Gerät. Das ist bereits recherchiert.
- Falls du wirklich recht haben solltest und noch eine Leiche unter dem Schnee liegt, könnte es doch auch sein, dass der DorfProlet damit gefahren ist, oder?
- Könnte es nicht. Erstens hatte sie den Schlüssel, und zweitens war er zu dem Zeitpunkt, als ich verschüttet wurde, auf seinem Zimmer. Er hat sich dort eingesperrt und ist erst wieder raus, als ihr gekommen seid.
- Sagt wer?

- Sagt er. Und ich glaube ihm.
- Was du glaubst oder nicht, interessiert niemanden, Bronski.
- Dann achte eben auf ihre Fingerabdrücke. Du wirst sie am Lenkrad des Pistengeräts finden. Das ist dann wohl Beweis genug, oder?
- Beweis dafür, dass sie zuletzt damit gefahren ist, ja.
- Sie hat das Iglu zugeschüttet und mich um ein Haar getötet.
- Warum sollte sie so etwas getan haben? Warum sollte sie vier Menschen töten?
- Nach dreißig Jahren bei der Kripo fragst du mich ernsthaft, warum Menschen töten?
- Ich verstehe es nur einfach nicht, egal, wer von beiden es war. Sie kommen hier hoch, um eine gute Zeit zu haben, und es endet mit einem Blutbad. Das passiert hier in der Provinz nicht alle Tage.
- In Berlin auch nicht.
- Drei Minuten, Bronski. Wenn die Bergrettung nichts findet, dann war's das. Du steigst in der Zwischenzeit mit Meandri in den Hubschrauber, und wir machen weiter wie geplant.
- Aber sie kann aus dem Krankenhaus jederzeit verschwinden. Sie wird das Land verlassen, wenn du sie jetzt laufen lässt.
- Ich kann sie nicht verhaften, Bronski. Ich kann sie maximal dazu auffordern, nicht auszureisen, und sie zum Verhör vorladen. Mehr ist leider nicht möglich.
- Und wenn wir die Leiche von BadyBoy finden? Dann bleiben nur noch zwei potenzielle Täter übrig, und beide können aufgrund dringenden Tatverdachts in Gewahrsam genommen werden, richtig?

– Wenn das Wörtchen wenn nicht wär. Meine Geduld ist am Ende, Bronski. Dein Familienbonus ist aufgebraucht. Die Bergretter sollen sich jetzt um RosaLex kümmern. Ich hoffe, dabei haben sie mehr Glück.
– Wenn ihr genau dort sucht, wo ich es euch auf dem Satellitenbild gezeigt habe, werdet ihr sie finden. Weit kann Meandri die Tote nicht weggeschleift haben.
– Das wird dauern, und deshalb werden wir das hier jetzt abbrechen. Du hattest deine Chance.
– Eine Minute haben wir noch.
– Du meinst, im letzten Augenblick zauberst du noch ein Kaninchen aus dem Hut?
– Kein Kaninchen.
– Was dann, Bronski?
– Da drüben.
– Was?
– Der Schnee.
– Was ist mit dem gottverdammten Schnee?
– Er ist rot.
– Scheiße, Bronski.
– Sag ich ja.

SIEBENUNDVIERZIG

Es ist ein Gefühl zwischen Genugtuung und Entsetzen. Zusammen mit Weichenberger starre ich auf das Gemetzel im Schnee. Blut, Gliedmaßen, der Schädel bis zur Unkenntlichkeit zermalmt. Sein Körper zerquetscht, aufgerissen. Teile des Darms liegen vor uns.
BadyBoy.
Es ist unerträglich, ihn so zu sehen. Zu wissen, dass er unschuldig war. Dass ich ihn zu Unrecht verdächtigt habe. Dass er sterben musste, weil Meandri uns glauben lassen wollte, er sei der Täter.
Ein trauriges Ende ist es. Was mir im Hubschrauber in den Sinn gekommen ist, entspricht der Wirklichkeit.
Ich bin nicht stolz darauf, aber alles ist so, wie ich es mir ausgemalt habe. Meandri hat ihn mit dem Pistengerät so oft überrollt, bis es ihn in Stücke riss. Sie hat den Schnee zur Seite geschoben und ihn einen halben Meter unter der fest gewalzten Oberfläche verschwinden lassen.
Mehrere Wochen hätte es wahrscheinlich gedauert, bis die Schneeschmelze ihn wieder freigegeben hätte. Meandri wäre

längst irgendwo in Venezuela oder Kolumbien untergetaucht. Sie hätte weiter Profit aus allem geschlagen, hätte Wege gefunden, zu posten, ohne entdeckt zu werden. Digitale Schlupflöcher hätten sich für sie aufgetan, sie hätte ein Buch über ihr Morden geschrieben und über einen Anwalt die Filmrechte an ihrer Geschichte verkauft.

LauraMeandri hätte nicht aufgehört zu lügen.

Vielleicht hätte sie sogar weiter getötet.

Jetzt aber sitzt sie auf der Bank vor dem Haus, auf der ich vor einer Stunde noch gesessen bin. Neben ihr ein Polizist. Man legt ihr Handschellen an.

Kurz hat sie versucht wegzurennen und um sich geschlagen. In dem Moment, in dem auch sie das Blut im Schnee gesehen hat, hat sie sich verwandelt, ist zur Furie geworden, zu einem Tier, das man in die Enge getrieben hat. Verzweifelt wütete sie, schrie herum. Sie wusste, dass es vorbei war, brach zusammen.

Jetzt schweigt sie.

Während sich die Spurensicherung weiter um den Tatort kümmert, schaut sie abwesend die sonnenbeschienenen Berge und den Himmel an. Völlig apathisch wirkt sie, die Souveränität, die sie ausgestrahlt hat, ist genauso verschwunden wie ihre Arroganz, der Drang, ständig ihre Überlegenheit zu demonstrieren.

Sie ist nur noch ein Häufchen Elend, bemitleidenswert.

Völlig harmlos wirkt sie.

Wenn ich nicht wüsste, wozu sie imstande ist, würde ich hingehen und sie in den Arm nehmen. Ich kann ihre Verzweiflung beinahe körperlich spüren, die Ausweglosigkeit, die Schwere der Schuld.

Leer ist ihr Blick.
Sie hat das Ende akzeptiert.
Ein schönes, stilles Bild wäre es.
Ein Foto, das ich mit dem Teleobjektiv aus der Ferne machen könnte, ohne dass sie es merken würde. Ich würde es so machen, wie ich es schon viele Tausende Male getan habe. Routine. Und doch ganz besonders. Es wäre das Porträt einer Mörderin.
Ich sehe es vor mir. Doch ich drücke nicht ab.
Ich rühre die Fotoausrüstung, die Svenja mir mitgebracht hat, nicht an. Der Rucksack mit meiner Digitalkamera und den Objektiven steht immer noch da, wo sie ihn abgestellt hat.
Damit du deinen Job machen kannst, hat sie gesagt.
Doch diesen Job mache ich nicht mehr.
Keine Fotos mehr.
Was noch vor ein paar Tagen der Jackpot für mich gewesen wäre, ist jetzt ein Ding der Unmöglichkeit geworden. Wofür ich mein halbes Leben lang alles riskiert habe, ist mir jetzt gleichgültig.
Männer in weißen Plastikoveralls.
Uniformierte, Rettungskräfte.
Absperrbänder.
Und Tote.
Normalerweise würde ich jetzt neben dem Fotografen der Kripo stehen und Hunderte Male auf den Auslöser drücken. Würde man es mir aus ermittlungstechnischen Gründen verbieten, würde ich mir einen Standort etwas abseits suchen und trotzdem alles aufnehmen, gierig und voller Adrenalin.

Noch vor ein paar Tagen hätte ich alles dafür geopfert, jetzt aber ist es damit vorbei.

Und aus irgendeinem Grund fällt es mir leicht.

Ich verweigere meinen Dienst.

Sehe hinüber zu Svenja, die leicht den Kopf und die Augenbrauen hebt und mich auffordert, endlich zu tun, was sie von mir erwartet.

Mach Bilder, Bronski.

Das ist das Einzige, was du wirklich kannst.

Bitte versau das nicht auch noch.

Ich gebe ihr mit keiner Geste zu verstehen, dass ich weiß, was sie von mir will. Ich ignoriere sie.

Keine Fotos mehr von Toten.

Als ich vor knapp einer Woche in Berlin losgefahren bin, war ich ein anderer. Ich war berechenbar. Jetzt bin ich das nicht mehr. Ich stehe nur noch herum und sehe zu, wie Svenja sich um Interviews bemüht. Wie sie um den DorfProleten und Meandri herumschleicht, um an ein Zitat zu kommen. Sie umgarnt Polizisten und bahnt sich ihren Weg. Svenja hat immer noch Freude daran. Da ist dieses Leuchten in den Augen, das sie antreibt. Diese Jagdlust.

Sie ist immer noch an Deck.

Ich bin bereits ertrunken.

Erstickt.

Verbrannt.

Nichts mehr bleibt.

Nur Anna.

Sie versucht, mich aufzumuntern.

Mich mit ihrer Liebe am Sterben zu hindern.

Von mir aus lass dich in die Psychiatrie einweisen, Bronski. Das mit dem vorzeitigen Abgang kannst du dir abschminken.
Sie klopft mir auf die Schulter, lächelt anerkennend. Sie zollt mir Respekt dafür, dass ich am Ende doch noch dazu beigetragen habe, die Wahrheit herauszufinden.
Anna weiß, dass ich kaputt bin.
Hinuntergefallen.
Zerbrochen.
Wir können nicht mehr so tun, als wäre nichts geschehen. Da ist keine Linse mehr zwischen mir und dem Grauen.
Kein Fotoapparat mehr.
Ich bin völlig nackt.
Möchte nur noch weg.
Ans Meer vielleicht.
Eine Möwe im Abendlicht sehen.
Endlich glücklich sein.
Für immer.

ACHTUNDVIERZIG

DAVID BRONSKI & SVENJA SPIELMANN

- Schön, dass du hier bist.
- Tut mir leid, dass ich nicht früher gekommen bin, Bronski.
- Es sind beinahe zwei Monate vergangen.
- Ich weiß, aber ich konnte nicht früher, war alles ein bisschen viel. Nicht nur für dich.
- Ich mach dir keine Vorwürfe. Im Gegenteil. Ich verstehe dich. Ist bestimmt kein Spaß, seinen kaputten Ex in der Klapse zu besuchen.
- Ich finde es gut, dass du das machst. Vor allem, dass du es alleine machst. Ganz ohne die Hilfe von Anna, Judith und mir. Wenn du verstehst, was ich meine.
- Ich verstehe genau, was du meinst.
- Ist schön hier, der Garten, das Gebäude. Ich habe es mir weniger schick vorgestellt. Mehr Horror. Irre in weißen Nachthemden. Bronski, sediert, mit Sabber vor dem Mund.
- Du hast deinen Humor nicht verloren, das ist wunderbar. Habe beinahe vergessen, wie sich das anfühlt, wenn du mich zum Lachen bringst.
- Ich mein das todernst, Bronski. Das muss doch ein Ver-

mögen kosten, sich hier wochenlang einzuquartieren und behandeln zu lassen.
- Ich habe gut verdient in den letzten Jahren, wollte mir mal was gönnen. Ich hatte die Wahl zwischen Malediven und Nervenheilanstalt. Ich denke, ich habe die richtige Wahl getroffen.
- Du schaust tatsächlich erholt aus.
- Gesprächstherapie, Spaziergänge und Lesen. Etwas anderes mache ich hier nicht.
- Und wie lange musst du noch bleiben?
- Ich bin freiwillig hier und kann jederzeit gehen.
- Ich meinte, wann wir wieder mit dir rechnen können.
- Ich komme nicht zurück. Ich habe diesen Job lange genug gemacht. Es ist Zeit für etwas Neues.
- Und das wäre?
- Anna hat mir angeboten, dass ich bei ihr in der Detektei mitarbeiten kann.
- Privatdetektiv Bronski? Betrügerische Ehemänner beschatten? Ich denke, das passt zu dir. Mit dir an Bord wird Annas Umsatz sich in kürzester Zeit verdoppeln.
- Du schmeichelst mir?
- Warum nicht? Du bist ein großartiger Ermittler.
- *Jämmerlich* trifft es eher. Aber Anna lässt mich nicht hängen. Sie wird wohl bis zum endgültigen Untergang an meiner Seite sein und mich unterstützen.
- Du hast nur etwas geschwächelt. Irgendwann stehst du wieder an Deck und machst alles richtig. Wobei, alles hast du ja nicht falsch gemacht. Dank dir wurde Meandri gefasst. Wie du bestimmt mitbekommen hast, wurden ihr alle vier

Morde nachgewiesen. Fingerabdrücke, DNA, die Spuren, die sie unbedachterweise hinterlassen hat, bringen sie bestimmt zweimal lebenslänglich ins Gefängnis.
- Hast du mit ihr gesprochen?
- Ihr Geltungsdrang ist wirklich enorm. Sie hat sich bereit erklärt, mir in der Untersuchungshaft ein Exklusivinterview zu geben. War ein ziemlich großes Ding. Regina hat es ordentlich gefeiert.
- Gratuliere. Leider habe ich deinen Coup hier nicht mitbekommen. Ich lese keine Zeitungen mehr.
- Macht nichts. So groß war die Sache nun auch wieder nicht.
- Wenn jemand die Bösen zum Reden bringen kann, dann du, Svenja.
- Meandri hat alles gestanden, mir jedes Detail verraten. Der arme Weichenberger musste schon wieder aus der Zeitung erfahren, was man ihm bis dahin vorenthalten hatte.
- Bitte sag mir, dass sie in dieser ersten Nacht in meiner Blockhütte war und den Brand gelegt hat. Ich habe mir das nicht eingebildet, oder? Sie wollte mich umbringen. Mit Vorsatz, richtig?
- Ja. Zu diesem Zeitpunkt dachte sie noch, dass sie alles unter den Teppich kehren kann. Sie ist dir nachgegangen, hat gesehen, wo du wohnst, und sich für eine einfache und effektive Lösung entschieden. So hat sie es bezeichnet. Ist ein ziemlich krankes Miststück, völlig skrupellos. Um Erfolg zu haben, ist sie tatsächlich über Leichen gegangen.
- Ich habe ihr das nicht zugetraut.
- Das hätte wohl niemand.
- Hat man RosaLex gefunden?

– Hat man.
– Und warum musste sie sterben?
– Sie hatten Streit. RosaLex muss Meandri gedemütigt haben. Als RosaLex wegen des bevorstehenden Schneesturms abreisen und die anderen in der Luft hängen lassen wollte, hat Meandri sie daran gehindert, sie beschimpft und am Ende erschlagen. Die *Bitch* habe sie provoziert, hat Meandri gesagt. Sie wollte ihr eine Lektion erteilen, aber RosaLex sei unglücklich gestürzt. Sie war verletzt, hat Meandri mit der Polizei gedroht, ihr gesagt, dass sie sie verklagen würde. Meandri hat daraufhin rotgesehen, einen Stein genommen und zugeschlagen. Dann hat sie die Leiche auf einer Plastikplane dorthin geschafft, wo du sie gefunden hast.
– Und der Rapper?
– Hat Verdacht geschöpft und Meandri damit konfrontiert. Dass du ihn kurz vorher verprügelt hast, war für sie eine glückliche Fügung des Schicksals. Du hast dich als Täter auf dem Silbertablett präsentiert.
– Und YogaBine?
– Musste wohl sterben, weil sie dich endgültig als Täter in Stellung bringen sollte. Du warst so dämlich, deinen Schwanz nicht unter Kontrolle halten zu können. Laut Meandri war sie verzichtbar, ein Bauernopfer, hat sie gesagt und dabei gelacht.
– Und warum BadyBoy? Sie hatte mit mir ja bereits ihren Schuldigen.
– Sie hat wohl rechtzeitig begriffen, dass du dich mit deinen Kontakten und deiner Reputation als Verdächtiger schnell wieder aus dem Rennen nehmen würdest. Und am Ende

ging sie davon aus, dass du bereits tot wärst, als sie der Polizei gesagt hat, wo sie graben müsse. Sie wollte sich als Retterin aufspielen und so den Verdacht von sich lenken. BadyBoy sollte dafür verantwortlich gemacht werden, während sie sich ins Ausland absetzt. Du hast das aber Gott sei Dank noch rechtzeitig durchschaut.
- Das war reiner Zufall, Svenja. In Wirklichkeit habe ich immer nur das gesehen, was ich unbedingt sehen wollte. Die Wahrheit ist, dass ich ohne dich im Blindflug unterwegs bin. Oder es zumindest war.
- Dir geht es jetzt besser, das ist das Wichtigste.
- Die Angst ist immer noch da, Svenja. Aber ich kann jetzt besser damit umgehen.
- Warum hast du nie etwas gesagt?
- Was man nicht wahrhaben will, kann man auch mit niemandem teilen. Ich habe das alles viel zu lange mit mir herumgeschleppt.
- Was meinst du damit?
- All die schrecklichen Dinge, die ich gesehen habe. Die Gewalt, die Zerstörung, das viele Unheil.
- Vermisst du es nicht? Das Fotografieren? Deine Dunkelkammer?
- Nein, das Einzige, das ich vermisse, bist du.
- Ich vermisse es auch, mit dir zu arbeiten, Bronski. Von den anderen Fotografen kann dir leider niemand das Wasser reichen. Keiner von denen hat deinen Riecher.
- Mein Riecher hat mir am Ende nichts Gutes eingebracht.
- Du lebst, Bronski. Und darüber sind wir alle sehr froh. Anna, Judith und ich.

- Das ist schön zu hören. Hast du mit Judith gesprochen?
- Wir haben uns auf einen Kaffee getroffen, nachdem sie dich besucht hat.
- Und?
- Sie ist ein großes Mädchen und versteht mehr, als du denkst.
- Und im Gegensatz zu mir kann sie auf sich aufpassen. Sie scheint ihr Leben ganz gut im Griff zu haben.
- Schön von dir, dass du sie ziehen lässt.
- Ist mir nicht leichtgefallen, aber ich habe ihr gesagt, sie soll sich um mich keine Sorgen machen.
- Gut gemacht, Bronski.
- Ich würde gerne so vieles andere auch gutmachen.
- Zum Beispiel?
- Was da oben am Berg mit YogaBine passiert ist und alles, was ich sonst noch verbockt habe, seit wir zusammen sind.
- Waren.
- Schon klar.
- Du hast deine Chancen verspielt, Bronski.
- Vielleicht bekomme ich ja noch eine.
- Unwahrscheinlich.
- Aber nicht ausgeschlossen?
- Ernsthaft, Bronski? Du flirtest wieder mit mir?
- Warum nicht?
- Weil du ein arbeitsloser Psycho bist.
- Stimmt.
- Wenigstens beschäftigst du dich mit deinen Problemen und willst etwas ändern.
- Ich arbeite daran.
- Vielleicht wirst du irgendwann ja doch mal erwachsen.

- Man sollte die Hoffnung nie aufgeben, oder?
- Könnte mir vorstellen, dass wir essen gehen, wenn es so weit ist. Irgendwann wirst du dich ja selbst entlassen, oder?
- Das wäre schön.
- Na dann, mach keine Fehler bis dahin und ruf mich an. Meine Nummer hast du ja.
- Ich melde mich, Svenja. Sobald ich mir ganz sicher bin, dass ich es kann.
- Dass du was kannst?
- Da draußen überleben.
- Das kriegst du hin, davon bin ich überzeugt. Trotzdem hätte ich gerne, dass du gut auf dich aufpasst.
- Versprochen. Aber so wie es aussieht, wird hier in der Psychiatrie ohnehin nicht allzu viel passieren.
- Na, da sei dir mal nicht so sicher.
- Danke für deinen Besuch, Svenja.
- Wir sehen uns, Bronski.

Sollte diese Publikation Links auf Webseiten Dritter enthalten,
so übernehmen wir für deren Inhalte keine Haftung,
da wir uns diese nicht zu eigen machen, sondern lediglich auf
deren Stand zum Zeitpunkt der Erstveröffentlichung verweisen.

Penguin Random House Verlagsgruppe FSC® N001967

1. Auflage
Copyright © 2023 by Bernhard Aichner
Copyright © by btb Verlag
in der Penguin Random House Verlagsgruppe GmbH,
Neumarkter Straße 28, 81673 München
Umschlaggestaltung: semper smile, München
Umschlagmotiv: © Bernhard Aichner; © shutterstock/Golubovy;
railway fx; STILLFX; © Getty Images/Emanuele Santos/EyeEm
Satz: Uhl + Massopust, Aalen
Druck und Einband: GGP Media GmbH, Pößneck
Printed in Germany
ISBN 978-3-442-75993-4

www.btb-verlag.de
www.facebook.com/btbverlag

Bernhard Aichner

Die Totenfrau-Trilogie

Totenfrau
Thriller
464 Seiten, btb 74926

Blum ist Bestatterin. Sie ist liebevolle Mutter zweier Kinder, fährt Motorrad, trinkt gerne und ist glücklich verheiratet. Blums Leben ist gut. Doch plötzlich gerät dieses Leben durch den Unfalltod ihres Mannes aus den Fugen. Vor ihren Augen wird Mark überfahren. Fahrerflucht. Alles bricht auseinander. Das Wichtigste in ihrem Leben ist plötzlich nicht mehr da. Durch Zufall findet sie heraus, dass mehr hinter dem Unfall ihres Mannes steckt, dass fünf einflussreiche Menschen seinen Tod wollten. Blum sucht Rache.

Totenhaus
Thriller
416 Seiten, btb 71442

Die Jägerin wird zur Gejagten

»Totenhaus von Bernhard Aichner liegt irgendwo zwischen *Shining* und *Alice im Wunderland* auf Speed. Betörend verstörend schön.«
3SAT KULTURZEIT

Totenrausch
Thriller
496 Seiten, btb 71694

Das furiose Finale der Totenfrau-Trilogie

Die Frau, die in das Büro eines Hamburger Zuhälters stürmt, ist verzweifelt. »Ich brauche Pässe für mich und meine zwei Kinder«, sagt sie. Und: »Wenn du mir hilfst, werde ich jemanden für dich töten.« Es wäre nicht das erste Mal ...

btb

Bernhard Aichner

Die Max-Broll-Krimis

Die Schöne und der Tod
256 Seiten, btb 71366

Die Schwester seiner ersten großen Liebe bringt sich um.
Totengräber Max Broll muss sie begraben, doch dann wird ihre
Leiche aus dem noch frischen Grab entführt. Warum?
Und vor allem: von wem?

Für immer tot
240 Seiten, btb 71367

Um sie herum ist alles dunkel. Sie hat keine Ahnung, wo sie sich
befindet. Ihre letzte Erinnerung: Ein Mann ist in ihre Wohnung
eingedrungen, hat sie überwältigt, in eine Kiste gepfercht und
irgendwo im Wald vergraben. Totengräber Max Broll auf der
verzweifelten Suche nach seiner Stiefmutter ...

Leichenspiele
272 Seiten, btb 71368

Die Dorfidylle trügt: Max Broll und sein bester Freund, der
ehemalige Fußballstar Johann Baroni erhalten ein unmoralisches
Angebot. Man bietet den beiden viel Geld – wenn sie dafür eine
Leiche vom Friedhof verschwinden lassen ...

btb